Tine Uhlmann

Weißwasser

Roman

Bibliografische Information der Deutschen Nationalbibliothek:
Die Deutsche Nationalbibliothek verzeichnet diese Publikation in
der Deutschen Nationalbibliografie; detaillierte bibliografische
Daten sind im Internet über http://dnb.dnb.de abrufbar.

Lektorat: Tine Uhlmann
Korrektorat: Tine Uhlmann
weitere Mitwirkende: Stift & Zettel

Herstellung und Verlag: BoD – Books on Demand, Norderstedt

ISBN: 978-3-7578-5418-8

Ist man ein besserer Mensch, wenn man surft?
Ich weiß es nicht.
Und auch wenn unzählige Bücher, Songs und
Weisheiten uns dies glauben machen wollen.
Ich glaube nicht daran.

Die Frage ist vielmehr, ob die, die daran glauben,
wirklich wissen wollen, was daran wichtig ist, für
andere herauszufinden, ob man daran glauben kann,
oder es besser lässt.

Denen die es wissen wollen, ist diese Buch gewidmet.

All jene, die noch nicht so genau wissen, was sie davon
halten sollen, das nächste Buch zum Thema Surfen zu
lesen sei gesagt:

Es geht ums Surfen, irgendwie, ja, auch, aber am Ende
ist es doch einfach eine Geschichte und eine Reise auf
eine Insel.
So und anders kann sie jedem passieren.

Oder man wird passiert und ist plötzlich mittendrin.

Immer noch Prolog, etwas deeper

Ich habe mal irgendwo gelesen: Wenn sich das ES über
das ICH stellt, sollte ein ÜBERICH eingreifen.
So weit, so gut. Und jetzt kommt der Haken:
Mir steht derzeit kein ÜBERICH zur Verfügung.
Genauer gesagt befinden sich auf meinem Konto der
Besonnenheiten aktuell gleich minus vier ÜBERICHs.

Der Übersichtlichkeit wegen:

EINS: Es gibt NICHT den traurigen Schönling, der mich
nach einer krass fluchtartigen Fahrt zum Flughafen bis
in die Boardingarea verfolgt, mir dann bis zum
Flugzeug nachstellt, um mich dort dann davon
abzuhalten in das bereits dastehende Flugzeug zu
steigen. Das ist echt so ein US- Film Ding.
Als Mitarbeiterin einer Fluggesellschaft und
aufmerksame Cineastin, muss ich an dieser Stelle
einen schweren, aber immer wieder gemachten
Regiefehler melden: Wenn die Zielperson die Linie zur
Handgepäckkontrolle überschritten hat -POINT OF NO
RETURN- und trotzdem noch weiter von jemandem
verfolgt wird, der nicht im Besitz einer gültigen
Boardkarte ist, hat entweder die Fummeltruppe
keinen guten Job gemacht, oder es gab einen
Totalausfall aller Sicherheitssysteme.
Üblicherweise gilt an dieser Stelle höchster
Terrorverdacht und in Amerika hätte man die
Zielperson abgeknallt.

ZWEI: Es gibt NICHT den überbuchten Flug. Erklärung: Für MitarbeiterInnen von Fluggesellschaften hat sich sämtliches Fliegen erledigt, wenn sich zahlende Gäste zu zahlreich versammelt haben, um den gleichen Flieger zu nehmen, wie MitarbeiterInnen von Fluggesellschaften.

DREI: Es gibt NICHT den Job- wieder Fluggesellschaft- der nicht ohne mich funktioniert und

VIER: In Berlin wird auch NICHT das Licht ausgehen, nur weil ich mich aus dem Staub mache.

Die Schönlinge, die auf den letzten Poäng am Flughafen auftauchen gibt es so oder so nur im Film und nicht immer will man aufgehalten werden und schon gar nicht von jedem. Und diese Filme sind dann auch meistens sehr schlecht.

Das ES hat also gewonnen. Siehe oben, und so beginnt auch der nächste Satz.

KAPITEL 1

Ich bin 33 Jahre alt und los gehts in 23 Tagen.
Ohne Adventskalender.

19.09.2006

Heute ist mein dreiunddreißigster Geburtstag

Geschenk an mich selbst: Mal was ganz „Verrücktes"
tun. Mir fällt viel ein, aber das Vielste: Ich kündige
meinen Job. Happy Birthday. Schleifenlos glücklich und
ohne Lametta. Ich muss das mal ausprobieren: Am
Meer leben, mit den Wellen aufstehen und mit
Sternen, die einem auf den Kopf fallen, einschlafen.
Ich gehe also in die Personalabteilung und kündige
meinen sicheren, tollen, lustigen, solide bezahlten,
zukunftssicheren Job.
Nun also bald ohne Job, bereits ohne eigene
Wohnung, ganz am Anfang einer Erfahrung und auf
dem Weg auf eine Insel, die geographisch zu Afrika
gehört und ACHTUNG: Hangloose Faktor: „das Hawaii
Europas genannt wird.
Klingt nach einem ziemlich abgedroschenen Surfding.
Fehlt noch diese Soulsurfsache und ein paar passende
Sprüche á la: Nirgends komme ich so zu mir selbst, wie
am Meer" oder: „Das Surfen hat mich zu einem
besseren Menschen gemacht", siehe Einleitung.
Mich nicht, aber es macht mich glücklich und das ist ja
schonmal besser. Eigentlich sollte ich Spanisch lernen,
Kartons packen, mich überhaupt irgendwie
vorbereiten. Stattdessen weiß ich - dank eines mir

durch Kriminalromane angelesenen Wissens- ziemlich viel überflüssiges Zeug über forensische Anthropologie (?!)

Ist es eine Übersprungshandlung, wenn man alles tut, liest und räumt, was am Thema vorbei geht? Ich kenne das von meinem Hund, der- wenn er Bock auf um den Block hat- erstmal übertrieben laut gähnt. Was das mit einem aufregenden Spaziergang zu tun hat, muss ich als Mensch nicht verstehen. Es ist vermutlich einfach das Gegenteil, von dem was laufen soll und unterstreicht daher demonstrativ das eigentlich dringend Gewollte und die demnächst unbedingt durchzuführende Aktion. Mir fehlt dazu gerade der entsprechende Fachbegriff aus der Psychoanalytik.

Ich weiß, was ich will, was jedoch „Auto", „Ich ertrinke", „Mein Arm ist in einer Felsspalte eingeklemmt" oder das üblicherweise alle Gespräche einleitende „Hallo wie geht's?" auf Spanisch heißt, weiß ich noch immer nicht. Seit Wochen umgehe ich das Thema notwendige Bildung, bzw. betrete es auf unterschiedlichen nicht notwendigen Wegen. Es hat mich nie mit Sinn erfüllt, für etwas zu lernen, was nicht unmittelbar bevorsteht und ich meine damit UNMITTELBAR. Ich tue derzeit also so ziemlich alles, was ich nicht tun muss, und trage fleißig ein von Trivialliteratur überstapeltes Spanischbuch durch die Zeitgeschichte. Keine Ahnung, wie lange ich diesen Grundwortschatz nun schon in der Tasche habe.

„Hände hoch, ich habe einen Grundwortschatz".

Dieses verdammte Buch wiegt eine Tonne und ich kenne nicht einmal die Hälfte seiner schwerwiegenden Wörter. Ironisch und auch etwas boshaft, drängen sich mir seit Wochen diverse TV-Berichte über schlecht präparierte, fernwehgeplagte Deutsche auf, die ihrem Ach- so- schrecklichen- Land den Rücken kehren wollen. Dabei geht es meistens darum, dass hier- Zitatanfang- niemand lacht- Zitatende. Wenn also hier niemand lacht, der sein Lachen ja jeden Tag mit sich rumträgt, warum sollte er dann dieses Lachen irgendwo anders auspacken, um es dann dort ausgiebig zu nutzen?

„Man hat sich dabei. Überall." Also erstmal drinnen aufräumen, dann nach draußen weglaufen.

Seit meiner Entscheidung für die „Flucht nach vorn" flimmert mir ständig das Thema um die Ohren, fast so, als wäre ich schwanger und würde plötzlich nur noch Schwangere sehen. Neuerdings achte ich verstärkt darauf, ob hier „mal jemand lacht". Es sind diese TV-Serien, in denen sich Singles, Paare, ganze Großfamilien in die hintersten Winkel der Welt absetzen, ohne zu wissen, was sie erwartet, kein Wort Landessprache, teilweise sogar vollkommen abgebrannt. Da mindestens eins dieser Attribute auch auf mich zutrifft, kann ich sagen, dass ich ein schlechtes Gewissen habe. Ein kleines schlechtes Gewissen. Ich versichere jedoch: Nichts ist schrecklich in meinem Leben, vieles war schrecklich, manchmal, für kurze Zeit. Aber alles Negative hat(te) auch immer etwas Positives. Ich gehe in fröhlichem Frieden. Das einzig zurzeit wirklich Unpassende, ist das Nichtvorhandensein von Salzwasser & Sonne in meiner Nähe. Keine Wellen, keine salzige Luft, kein Sand zwischen den Zehen.

Ich stehe am Morgen auf, verlasse meinen Kater -den mit den Fusseln um die Nase- oder ich nehme ich ihn mit. Dann den Kater, der eher mit einem „s" weniger im Wort Fussel in Verbindung gebracht wird.
Ich arbeite acht sauber getaktete Stunden und gehe-mein Gemüt in den gleichen Trott gehüllt- wieder nach Hause. Hin und wieder variiere ich den Weg.
Ansonsten ist mein Leben eine Konstante und ich bin eine Batterie in dieser Stadt. Eine Ressource, die sich in der Nacht auflädt, um am Tag wieder zu funktionieren. Wenn mir das jemand erzählen würde, würde ich die/denjenigen spontan in den Arm nehmen und ein Jahr auf die Malediven einladen. Vitamin D tanken, runterkommen und ein bisschen leben. Was mich betrifft, übertreibe ich gern, fühle mich aber dennoch derzeit nicht wohl... im Winter, … um 05:30, … am Ostkreuz Berlin, … auf dem Weg zu meiner Hauptarbeitsstelle.
Inzwischen arbeite ich in zwei Jobs. Mein Nebenjob endet um 01:30. Wenn der letzte Student seinen dreimal in warmes Wasser getauchten Teebeutel auf Restaromen ausgepresst und der Paule mit dem Deckel hinterm Tresen endlich das letzte Tagesbier runtergekippt hat, dann ist Feierabend. Nach langen

vier Stunden Schlaf, starte ich dann wieder durch. Denn nach Neben-, ist eben auch vor Haupt. Ich habe einen Wunsch. Sowohl am Abend an der Bar als auch am Morgen vor dem Computer. Ich möchte JETZT in diesem Jahr- nicht irgendwann- surfen lernen. Auch wenn das mit meinem Fehlkauf- Bananenboard eher nicht möglich sein wird. Ich möchte mehr draußen als drinnen sein und jeden Tag mit dem hellen Licht der Sonne beginnen. Ein bisschen bunt möchte ich sein. Und vielleicht eine Stunde länger schlafen. Ich hätte gern einen Finnenschlüssel am Schlüsselbund und nicht den Kellerschlüssel für den Keller, in den ich mich nicht traue, weil es dort mehr Schimmelpilze gibt, als Pilze im Grunewald. Außerdem habe ich gerade niemanden, den ich mit meiner Thematik nerven kann und das bereits erwähnte ÜBERICH oder eines von denen, die ich als solche bezeichnet habe, halten mich auch nicht auf: JETZT ist genau der richtige Zeitpunkt, dem Wunsch vom „Mal-was-anderes-tun" nachzugehen. In einem Land, dessen bisher ungelesenes Wörterbuch mein täglicher Begleiter geworden ist, mit Menschen, die meine Leidenschaft teilen, auf einer Insel, auf der es noch einen Sternenhimmel gibt.

Rückblick

08.09.2004- Berlin, sehr weißes Krankenzimmer

Soeben habe ich eine Prä- OP- Beruhigungspille und die Anweisung erhalten, in ein weißes Hemdchen und ein nicht minder heißes Stützstrumpfensemble zu steigen. Nach kurzer Zeit bin ich entspannt wie nie zuvor in meinem Leben. Ich beschließe mich erst einmal meiner modischen Ausstattung zu widmen, um dann noch ein bisschen Zeit dafür zu erübrigen, die ganze Welt zu umarmen. Mir ist sehr wohlig und ich bin der festen Überzeugung niemand besitzt in diesem Moment mehr Sexappeal als ich: BooBooPeeDooo Ich schaue an mir herunter, ein bisschen schwankend. Wann zur Hölle habe ich das letzte Mal nur sooooo gut ausgesehen? Ich krame -mittlerweile ziemlich breit - nach meiner Handykamera. Wobei mich besser niemand erwischt. Handys und Krankenhäuser. Aber in meiner Nähe liegt grad' niemand, dessen Schrittmacher ich mit meinen Gamma-C-X- Handystrahlen aus dem Takt bringe könnte. Also schleiche ich auf das in nüchternem Zustand gesehen ausgesprochen funktionell gestaltete Bad meines Zimmers und erstelle kichernd das in meinen Augen unbedingt notwendige Bildmaterial. Gibt es 2005 schon Selfies? Jetzt, ja. Wenn ich mir den Blödsinn heute anschaue, bin ich unsicher, warum ich mir das überhaupt ansehe und ziemlich sicher, dass ich ordentlich zugedröhnt gewesen sein muss.

Ein bisschen Dramatik darf auch nicht fehlen. Eine morbide Vorstellung mischt sich unter die euphorisch, narzisstische Stimmung: „Wenn das die letzten Bilder von mir sind, dann doch bitte halbnackt und mit verträumten Kuhaugen". Was man eben so denkt, wenn man auf Drogen ist und sich geil findet. In weißer OP-Strapse vor grünen Kacheln und mit glasigem Blick. In diesem Moment finde ich das ganz, ganz heiß. „Immerhin sehe ich zufrieden aus", bemerke ich mit einem Rest Realismus. Heiter denke ich kurz über die OP nach und drehe eine Zitterkniepirouette durch das Bad, welches auch immer schöner wird. „Wenn jetzt jemand reinkommt, dann sage ich, „Ich liebe dich". Zehn Minuten später kommt jemand rein. Ich sage NICHTS. Ich bin ich mittlerweile in der siebten Softeisgalaxie angekommen und auch als Single in der großen grauen Stadt und mit Bandscheibenvorfall sehr, sehr glücklich. Alles ist richtig super.

Man schiebt mich den Flur entlang. Ich grinse. Eine sehr blonde, sehr attraktive Schwester -ich fühle mich kurz wie in einer Krankenhaussoap, in der alle gut aussehen, auch der gerade fast überfahrende Patient - verweist mich streng konzentriert auf das bevor- stehende Ereignis. Ich grinse. Ich grinse, grinse, grinse, bis sich meine Mundwinkel um die Nase kräuseln und finde mich sehr lustig. Das tue ich kund, indem ich auf dem Weg in den OP mehrere sehr schlechte Witze erzähle. Dass nur ich lache, stört mich dabei nicht. Ich könnte die ganze Welt umarmen. Hach, kommt doch alle mal her. Leider verrät man mir – auch auf wiederholte Nachfrage- nicht den Namen des Beruhigungsmittels, welches mich hier gerade de- und wieder materialisiert. Memo an mich selbst: Ich muss morgen nochmal nüchtern danach fragen. Vielleicht nimmt man mich und meine Wünsche dann etwas ernster. In der Zwischenzeit hat man mich auf eine eiskalte -brrr- spiegelblanke Fläche umgelagert. Ich könnte mich totlachen. Na fein, der schöne Arzt mit den blauen Augen und den blonden Haaren hat's in der Hand, also in diesem Fall mich. Vielleicht bin ich ja im Emergency Room?! Hat Dr Ross blaue Augen? „Egal, du siehst gut aus. Bleib so, Doc". Ich bin unendlich froh, dass ich dieses sexy Outfit genau jetzt trage.

Ein paar Stunden später wache ich auf. Meine Zunge fühlt sich an wie Pappe, ich selbst mich irgendwie hüllenlos. Ist die Sendung vorüber? Wo sind die alle? Und WO vor allem bin ich, von dem WER mal ganz zu schweigen? Was ist mit dem blauäugigen Arzt und seiner unartig schönen Schwester? Mein Kopf fühlt sich sehr groß an, auch wenn gerade nichts darin zu sein scheint. Ein Gasballon auf einem viel zu kleinen Hals mit tonnenschweren Gliedmaßen. Die Beleuchtung ist ein Monster. Jemand schüttelt mich. Sollen mich schlafen lassen, denke ich und drehe mich genervt zur Seite.

Mir ist kalt.

Durch einen gelblichen Nebel werde ich über das weitere Programm aufgeklärt. Allerdings ist es mir scheißegal, ob man mir gleich aus dem Telefonbuch vorliest oder mich kopfüber aus dem Fenster hängt. Ich glaube jeder weiß, wie man sich NACH der Einnahme euphorisierender „Drogen" und einer anschließenden Vollnarkose fühlt und selbst die, die einen da jetzt anquatschen, wissen das, unterlassen es aber trotzdem nicht. Ich muss meinen Namen sagen „Geht's noch? Steht doch auf meinem Bett". Na gut. Das reicht, ich schlafe weiter...

Im Zimmer angekommen bin ich bereits wieder halbwegs bei Sinnen. Ich kann das normalerweise. Mich weckt man und zack bin ich da. Ich möchte jetzt hier aber auch nicht angeben und das hier ist ja auch nicht Wecken. Dazu hätte ich ja erstmal wissentlich schlafen müssen. Zwischen Vollrausch und Jetzt, kann ich jedoch keine Spuren von Bewusstsein ausmachen. Ein bisschen „besoffen" bin ich noch. Kurz denke ich über mein soziales Umfeld nach, sofern das in meinem Zustand überhaupt vernünftig geht. Es gibt nur einen Menschen, den ich jetzt unterrichten möchte, dass ich noch lebe bzw. es sich so anfühlt, als sei alles okay. Ich wackle mit den Zehen - das habe ich mal irgendwo gelesen.

Alles prima.

Ich möchte denjenigen wenigstens wissen lassen, dass meine Zehen noch wackeln und ich möchte seine

Stimme hören. Ein bisschen weniger allein sein auf diesem weißen Planeten. Noch ein wenig beduselt tätige ich meinen ersten Anruf. Es ist wie ein Strohhalm, in Krankenhäusern und an Flughäfen möchte man nicht allein sein. Man möchte, dass sich noch jemand- außer den Eltern- um einen sorgt und man möchte gefälligst vermisst und abgeholt werden.
Bevor mir mein Herz einen weiteren Streich spielt, höre ich seine Stimme und fühle mich wieder so großartig, wie kurz vor der OP.
Wannwiewarumauchimmer ich diesen Menschen sehe oder höre, der gelebte Moment macht einen kleinen Kick nach vorn. So auch jetzt. Man müsste ihn in Flaschen abfüllen und in der Apotheke verkaufen.
Er kann nicht nach Berlin kommen. Ich merke, dass ich es gerne hätte und bin... enttäuscht. Wie immer in solchen Fällen sage ich erstmal nichts. „Man", denke ich, „sei doch mal spontan" und was bedeutet überhaupt „Ich kann nicht"...sagen tue ich: „Meine Zehen wackeln". Witzig.
Dabei bin ich gerade jetzt sehr klein und sehr allein und bedaure mich enorm. Ich frage mich manchmal, was gewesen wäre, wenn wir uns nie begegnet wären. Der Mann am anderen Ende der Leitung und ich. Wenn dieser Mensch niemals meinen Weg gekreuzt hätte. Dann wäre ich jetzt vermutlich gerechtfertigt anstrengend. Wirklich gern erwähne ich den Ort unseres Kennenlernens nicht. Wann ist eigentlich auch unwichtig, aber fürs Protokoll: Es war im Mai 2004. Auf Mallorca. Mallorca ist nicht unbedingt mein übliches Reiseziel, aber das Hinterland- Ironie an- ist ja so schön- Ironie aus. In einer Disco, in der auch die

deutsche nicht B, sondern – gibt es das? - H-Prominenz- verkehrt, und wir natürlich. Und das mit überdurchschnittlich hohen Promillewerten. Irgendetwas stimmt nicht mit der Inneneinrichtung dieses „Tanzetablissements" und ihrem unmittelbaren Zusammenhang zum Jahr 2004. Weiße Möbel sind noch vertretbar, aber alles das und noch viel mehr mit Gold zu umranden ist auch 2004 bereits schwer zu rechtfertigen. Die BAND - oder sollte ich KAPELLE sagen? - spielt laut Flyer dort schon seit über zehn Jahren. Dem unmotivierten Auftritt nach, würde ich das Adjektiv „durchgängig" hinzufügen. Wann ich in einer Disco zuletzt Kellner im Anzug gesehen habe, weiß ich nicht, vermutlich bin ich dafür aber zum jetzigen Zeitpunkt noch zu jung. Zum Glück gibt es Bildung durch Mediennutzung. Wo finde ich also Isaak und Captain Murrey? Die Musik würde ich als schräg vorsintflutlich bezeichnen, und obwohl live und trotz zehn Jahren Bühnenerfahrung eher nach- als vorgetragen.

Den Song „With or without you" von U2 kann ich bis heute nicht ohne die Bilder dieses architektonischen Kollateralschadens hören. Einen Tag vor dem dreißigsten Geburtstag meiner Freundin, zwischen all den Statisten meiner persönlichen Inszenierung- eine absolute Ausnahmeerscheinung- läuft mir dann dieser Mensch über den Weg. BÄMM. Der oben angesprochenen Einrichtung wegen, die auch das entsprechend dazu passende Publikum anzieht, wollen wir schon wieder gehen, als ich den Mann an der Bar stehen sehe. In diesem Moment habe ich aufgehört zu denken. Ja, es ist tatsächlich so, manchmal bleibt die

Welt für einen Moment stehen. Er, in weiblicher Begleitung. Aber was ein Optimist ist, der glaubt noch an Geschwister und Cousinen. Ich muss zurückkehren, in dieses weißgoldene Architekturverbrechen. Meiner Freundin Danni – bereits im einzig logischen Move: dem Aufbruch- muss ich jetzt zeitgleich und möglichst schnell das Etablissement schönreden, denn an dieser Stelle bin es nur ich, die um den wahren Grund meines U-Turns weiß und diesen zu rechtfertigen ist nicht leicht. Ich weiß noch genau, was an diesem Abend wann passiert ist. Ich kann mich an jedes Detail erinnern. Den ersten Kuss, das anschließend viel zu kalte Bad im Mittelmeer, den Morgen in der Badewanne seines Hotelzimmers, das Bett, indem auch sein Freund übernachtet hat, die langen Gespräche. Daran wie er am nächsten Morgen im Hotelzimmer vor dem Fenster stand, nur mit einer Pyjamahose bekleidet. Komisch, dass es das Bild ist, was ich bis heute am längsten im Kopf habe. Und ich kann mich an den Stand der Sonne erinnern, die Geräusche im Hintergrund. Ohne jedes Foto sehe ich noch diese unglaublich grünen Augen, mit den schönsten Lachfältchen, die ich je gesehen habe und wegen denen allein er schon die Pflicht hat, den ganzen Tag nichts anderes zu tun, als zu lachen. Deswegen brauche ich jetzt auch seine Stimme. Ich kann ihn nicht sehen, also möchte ich ihn hören. Ganz egal wie aussichtslos die Lage für mich und uns geworden ist, oder wie sie es vielleicht immer war. Die Distanz zu groß, die Geschichte zu kompliziert, obwohl sie zumindest für einen von uns und zwischendrin auch für uns beide immer kristallklar gewesen ist. Ich lege den Telefonhörer auf und erinnere mich. Dann falle ich in einen unruhigen Schlaf, aus dem mich erst wieder meine Zimmernachbarin weckt. Ute ist laut, lustig und genau das Richtige gegen trübe Gedanken. Sie hat den Bandscheiben OP-Kram schon das zweite Mal überstanden und teilt mir nun mit, es gäbe gleich wieder die Scheißegal- Pille. Im Stillen bete ich, es mögen die Drogen von heute früh sein. Ich soll nicht enttäuscht werden. Grad noch, dass ich die weißen Alles- Toll- Macher nicht der Schwester aus den Händen reiße. Ich versuche obendrein einen Schriftzug auf den kleinen Pillchen zu entziffern. Nichts. No- Name- Glück. Diese Tatsache hat mich vermutlich davor bewahrt, eine einschlägige Drogenkarriere einzuschlagen. Während ich mich einem weiteren Lalaschubidu-Feeling hingebe, überlege ich das nächste Mal vielleicht zwei, drei aufzusparen. Grinsend schlafe ich ein. Der Tag drauf beginnt mit einer Visite durch Doc Blue-Eye.

Zu diesem Zweck tausche ich schnell mein profanes Mütterchen- Kreuzworträtsel durch die etwas intellektueller wirkende National Geographic ein.
Ich bin bestens gelaunt und schwesterngestärkt soll es gleich nach der Visite auf den ersten Ausflug gehen. Raus aus dem Bett. Frühmobilisation nennen die das hier. Ich bin bereit. Irgendein fieser Schlauch wird noch entfernt. Dann geht's los. Ich bin fast wieder im Bad der grün-grausigen Kacheln, da liege ich auch schon wieder drin. Holla, soviel Kraft hätte ich der Schwester gar nicht zugetraut. War aber wohl eine gute Idee.

Ich ringe nach Luft. Mist, hätte ich mal mehr gefrühstückt. Blöder Kreislauf. Man drückt mir eine Sauerstoffflasche auf das Gesicht. Warum das jetzt??? Und eh ich mich versehe, steht die ganze Morgens- Mittags- Abends- Visite- Combo um mich rum. Haben die noch nie jemanden beim Aufstehen versagen sehen? Ich frage mich, was die haben, als mich Dr. Doug Ross und seine blonde Superschwester auch schon rennend! den Gang hinunterschieben, den ich eigentlich laufen sollte. Irgendwie finde ich das ganze seltsam und muss neben der Jappserei nach Luft schon wieder grinsen. „Doug" heißt im wirklichen Leben mit Nachnamen genauso wie der aus der Werbung. Von wegen Kittel noch zu retten und so. Wird nur anders geschrieben. Ich frage vorsichtig, ob ich jetzt sterben muss. Die Frage muss gestattet sein, bei dem Gewese und der Sauerstoffflasche, die ich jetzt immerhin schon selbst halten darf. Schwester- sehr- besorgt- Sandy...wie kann man so gut aussehen und Sandy- gesprochen Zändi heissen? - sagt was von Lungenembolie und Dr Bäckmann verweist auf die nächsten Programmpunkte: „EKG und Doppler". Sie könnten auch sagen „Fischers Fritze, fischt frische Fische. Frische Fische fischt Fischers Fritze" Na gut, ich hätte heute eh nichts Besseres vorgehabt. Schöne Schwester und schöner Arzt betrachten mich abwechselnd, wie jemand der gerade aus einem Bergmassiv gerettet wurde, indem er tagelang verschüttet war. Mein Herz rast. Langsam bekomme ich wieder Luft. So wie die beiden schauen. Das macht mich betroffen. Ich fühle mich zuständig. Es ist leichter Menschen zu trösten, als sich anmerken zu lassen, dass man selbst DRINGEND!!!! HILFE!!!! Trost braucht. Ich denke an den Anruf und fühle mich plötzlich sehr einsam. Verdammt. Stattdessen animiere ich- soweit das mit einer Gasflasche vor der Nase geht- fröhlich das derzeit sehr betrübte Arzt- Schwester Gespann. Nach einer endlos langen Warterei auf den scheußlich schönen Fluren des Krankenhauses, zig „Toilettengängen" via Bettpfanne -super Sache- und diversen Untersuchungen, steht fest: Lungenembolie mit Rechtsherzinsuffizienz. Keine Ahnung, was die mir damit jetzt wieder sagen wollen. Das letzte Mal, als ich im medizinisch angewandten Latein versagt habe, bin ich nach der Diagnose „Fraktur" erleichtert vom Behandlungsstuhl gehüpft- Fraktur, Bravour, Parcours...so what? Das Herz ist vergrößert. Zum ersten Mal registriere ich, was ich da gerade überlebe, und mir bleibt der nächste Scherz im Hals stecken. Da steckt ein paar Minuten später dann auch noch ein Schlauch. Ich werde auf die Intensivstation verlegt.

Ein paar sehr unangenehme Kabel, Apparate und Bettnachbarn später, bin ich auch noch nicht viel schlauer. Meine Eltern sind die ersten, die zur Tür hereinkommen. Mit ihnen auch ein Hörbuch, ein paar Dinge aus meinem eigentlichen Krankenzimmer und eine Portion der Wärme, die ich jetzt brauche. Es folgen Blumen, eine sehr besorgte Anja Freundin, der ich wahnsinnig danke, dass sie jetzt da ist und ein tägliches, kleines Belustigungsprogramm durch die hier unten grünlich gekleideten Pfleger. Außer mir ist keiner wach, der hier liegt. Ich frage mich kurz, warum

Intensivstationen immer im Keller sind. Inzwischen finde ich auch bereits alles wieder lustig.
Liegt wahrscheinlich erneut an irgendwelchen semilegalen Drogen. Für irgendetwas muss der Schlauch im Hals schließlich gut sein.
Ist mir recht...

Nach einer Woche werde ich wieder in die weiße Zone verlegt. Ich kann Grün auch nicht mehr sehen.
Mittlerweile ist mir Doktor Bäckmann richtig ans Herz gewachsen und ich weiß inzwischen, dass ich sein erster BV= Bandscheibenvorfall, bin.
Er sieht mich wohl als Studienvorführobjekt und ich mich schon an sämtlichen seiner Vorlesungen als angehender Arzt teilnehmen. Aus diesem Grund muss er sich ab jetzt auch mehrmals täglich nach mir erkundigen. Ist mir sehr recht. Trotzdem fehlt mir ein Mensch ganz besonders. Wir haben noch ein paar Mal telefoniert, aber es war nicht mehr das gleiche.
Irgendetwas ist passiert. Vielleicht bin ich in diesen Momenten allzu menschlich geworden.
Und dann ist da schlussendlich auch noch der Tag, an dem ich mein Krankenzimmer und das ganze Haus wieder verlassen darf. Natürlich nicht ohne dem Retter vom Fleckensalzdepartment - Dr Bäckmann- eine Nachricht zukommen zu lassen. Ein Date muss drin sein.
Das Date war drin, aber nicht der Rede wert. Er passte einfach nicht in meine Dachgeschosswohnung und seine Souveränität ist im Drehrestaurant des Berliner Fernsehturms in die Suppe gefallen.

Weiter geht's Zu Hause. Ich wanke noch ein bisschen durch die Gegend und verfluche täglich die fünf Etagen (110- ausgeschrieben E.I.N.H.U.N.D.E.R.T.Z.E.H.N Stufen) in die meine- dem Himmel so nah- Wohnung. Ich darf mir jeden Tag drei Spritzen in den Bauch injizieren- toll, sieht super aus, fast glaube ich, die blauen Flecken gehen niemals wieder weg- und langweile mich so durch die Wochen. Da ich alles kann, aber nicht stillsitzen, gehe ich jeden Tag zehnmal in die benachbarte Bücherei, um wenigstens ein paar Menschen zu treffen und mich zu bewegen. Nebenbei mache ich mir keine Freunde, weil ich die, die ich habe darum bitte, mich in Ruhe zu lassen. Ich möchte nicht, dass jemand sieht, wie unmenschlich menschlich ich gerade bin, wie ängstlich und unsicher, verletzlich und unscheinbar. Ein bisschen Selbstmitleid ist natürlich auch dabei und Wut. Warum bin ich verdammt noch mal allein in dieser Scheißwohnung im 100.000sten Stock und was wird weiter? Was ist mit meinen Träumen, mit meiner Liebe und was zur Hölle wird aus meinen Plänen vom Surfen, Snowboarden, Sport, Tanzen, Feiern, Leben? Ich weiß grad nix und suche Antworten.

Bis zur endgültigen Diagnose und den dazugehörigen Lösungsvorschlägen vergehen weitere sechs Wochen. Das ist ziemlich lange, wenn man noch nicht mal die Geduld hat, mehr als drei Minuten auf eine U-Bahn zu warten. Zwei Monate später habe ich meine Ernährung komplett umgestellt und schaffe es sogar beim Ausgehen- ein bisschen Spaß muss sein- vier Liter Wasser in mich reinzukippen und trotzdem als Letzte den Laden zu verlassen. Manchmal fühle ich mich sogar ein bisschen betrunken. Party On! Kompensation zum fehlenden Alkohol auf meinem Speiseplan. Wenn ich dann mal ganz crazy sein will, trinke ich ein alkoholfreies Bier. Das Leben ist jetzt anders, aber nicht schlechter. Rückenschmerzen und eine daraus resultierende OP, die mir am Ende das Leben gerettet hat. Dass ich unter der derzeitigen Medikation besser nicht vor ein Auto laufen sollte-.gerinnungshemmende Tabletten können aus einem kleinen Unfall eine Splatterparty machen- kann ich gerade noch verschmerzen, würde ich aber so oder so nicht tun wollen.

KAPITEL 2

Februar 2005

Ich halte es nicht mehr aus. Ich muss und will endlich auf irgendeinem Board stehen. Da das Wetter gerade eher in Richtung Winter weist und meine gute Freundin Aki ein wahres Ski As ist, ich hingegen noch nie die Berge gesehen habe (mit 31 Jahren!!!) stellt sich die Frage nicht. Wir fahren in die österreichischen Alpen. Man muss dazu sagen, dass ich keinerlei Snowboarderfahrung, geschweigen denn irgendeine Ahnung bezüglich der Ausrüstung habe. Meine Kernkompetenz hat also bisher wenig mit Boardsport zu tun. Ein bisschen etwas lese ich mir an. Meine etwas schrullige Art, dass alles ordentlich und schön sein muss, lebe ich zunächst mal wieder an der Ästhetik meines Outfits aus. Aber auch die interne Logik muss stimmen.

Da ich Anfänger bin, möchte ich ungern mit dem besten Zeug auflaufen. Das verpflichtet.

Mir reicht es vorerst, wenn die Brille zum Board passt und dieses zur Jacke...farblich. Anyway, Ein Gang zu H&M ist fällig. Dem vielleicht nicht gerade „1A Ski- und Snowboardausrüster", dafür praktisch, günstig und zeitnah modern. Natürlich gilt auch hier wieder: Farbkompatibel in allen Details und warm. Ich bin ein Mädchen und Mädchen frieren nun mal. Es wird eine

knallrote Daunenjacke. Leider ohne jede Wintersport-
funktionalität und fern von dem Begriff atmungsaktiv.
Dafür passend zur roten Brille, die ich zuerst hatte.
Jetzt muss nur noch ein Board her. Dass dieses
zumindest die Farbe Rot enthalten sollte, versteht sich
in meiner Welt ganz von selbst.

eBay. Kategorie Dachbodenfunde.

Natürlich wird dabei auch Wert auf die entsprechende
Marke gelegt. Wie alt das Teil ist, spielt nur bedingt
eine Rolle, denn: Ich möchte zwar gut aussehen, aber
wie bereits erwähnt möglichst nicht der Kategorie
„Funpark" zugeordnet werden. Nichts schlimmer, als
überschätzt zu werden. Da steht man dann als viel zu
große Fünfjährige plötzlich vor der Killerrutsche,
während der Zehnjährige Jeremy einem einen Schubs
von hinten gibt, weil er denkt, man ist schon Dreizehn.

Trotzdem möchte ich nicht ohne Hardware im Tal
ankommen. Also beobachte ich das schnittige Burton
Board aus dem letzten Jahrhundert, als die Menschen
noch auf Baumstämmen ins Tal rutschten und dabei
die Keule schwangen. Farblich mehr als okay und
bestens in das Konzept „Armer- Beginner- auf- Board"
passend. Nach fünf Tagen und finanziell um 30 €
verändert, bin ich stolze Besitzerin einer echten
Antiquität des Boardsports. Spontan überlege ich das
Teil an die Wand zu hängen, entschließe mich aber
dann doch, es in die Berge auszuführen. Mein erstes
Boardsportrelikt. Mir wird warm ums Herz.

Ich springe mit den letzten Resten meiner Rückenschmerzen und Zweifel auf das gute Stück und pose- zumindest das schon mal profihaft- in meinem Rote Zora Outfit auf dem schnittigen Bügelbrett. Zuhause vor dem Spiegel, wohlgemerkt. Ich verzichte darauf ein weiteres unsinniges Selfie zu schießen und genieß diesen eigenartigen Moment für mich allein. Ist wahrscheinlich auch besser so.

Die Bezeichnung „Bügelbrett" wird das Board später noch von meinem Snowboardlehrer erhalten.

Aber das an anderer Stelle.

Ein paar Tage später geht es los. Mit meiner bereits erwähnten Freundin Aki im Schlepptau fliege ich nach Stuttgart. Dort werden wir von ihrem Vater aufgelesen und es geht weiter nach Österreich. Am Flughafen freue ich mich, dass keiner durch die schicke Verpackung meines Boardbags gucken kann.

So sehe ich wenigstens so aus, als hätte ich ein Snowboard dabei. Das hier ist meine Show, mein Flughafen (an den mir übrigens mal wieder niemand hinterhergelaufen ist, um mich aufzuhalten), mein Snowboard und die neue, wieder fast richtig sportliche Tine. Ich bin stolz. Zumindest ein Teil meiner Träume kommt endlich in Schwung. Es geht los.

Trotz meiner profihaften, wenngleich auch nicht gerade standbyflugförderlichen Überausrüstung kommen wir beide mit. Vielleicht sollte ich kurz hinzufügen, dass sowohl Aki als auch ich Mitarbeiterin einer Airline sind und dass das Standbyfliegen die zwar günstigste Variante in Bezug auf das Reisen für uns ist, nicht aber unbedingt die Bequemste. Letzteres erklärt sich mit der Tatsache, dass wir immer zuletzt die

Maschine „betreten" dürfen, und zwar NUR dann, wenn der Flieger oder die Crew noch ein Plätzchen oder etwas für uns übrighaben. Wir sind, sozusagen die, auf die keiner gewartet hat, die aber immer selbst warten müssen. In Sachen Über- und Sportgepäck bedeutet es, dass man kurz vor knapp noch mal mit seinem gesamten Kladderadatsch durch den Flughafen spurten muss, um irgendwo einen Sperrgepäckschalter ausfindig zu machen, von dem man eigentlich nie so genau weiß, wo sich dieser befindet. Einem logischen Prinzip folgen die Koordinaten solcher Schalter eher selten. An Flughäfen wie Berlin Tegel schafft man es problemlos ohne GPS. Frankfurt FRAPORT wird dagegen schnell mal zu Takeshi´s Castle.

Und noch eine Faustregel: Airline Mitarbeiter, die vorhaben Stand-by zu fliegen, sollten sich „entsprechend kleiden". Damit ist selbstverständlich nicht „entsprechend der Hauptbeschäftigung am jeweiligen Urlaubsziel" gemeint. Vielmehr sieht man uns gern in konservativer Ausstattung mit einem Touch Understatement. Dies aber nur kurz und als Hinweis auf spätere Passagen. Unsere heutige Maschine ist nicht wirklich voll. Weder muss ich mich im Cockpit auf den Sperrsitz setzen (alles schon vorgekommen), noch werden wir auf den Gang geschnallt. Im Gegenteil: Wir sitzen heute mit dem Fußvolk im Wohnzimmer.

In Stuttgart angekommen, wuchte ich meine Brettsensation erneut durch die Gegend und fühle mich noch immer wie eine echte werdende Wintersportlerin. Wenn man seine Träume schon fast aufgeben musste, ist selbst so ein Moment - für alle

Normalsterblichen ohne Rollen unterm Boardbag megascheiße- riesengroß. Ich, Aki und das Mammut werden zunächst von Akis Schwester abgeholt.
Die Etappe mit dem Papa folgt. Nach etlichen Kilometern verschneitverschlitterten Kurvenstraßen und daraus resultierender Übelkeit…ich komme mir vor, als führe ich seit Stunden im Kreis- sehe ich ihn: Den ersten Berg meines Lebens. Das ist so, als ob man vor einer Werbung steht, die man noch nicht lesen kann. Später, wenn man dann lesen gelernt hat, wird man nie wieder einfach nur das Bild sehen. Dann liest man „Paul hat Haarausfall", "Letztes Schnitzel vor der Autobahn" oder „Mc Haralds ist einfach gut" ob man will oder nicht. Ich staune und fühle mich wieder wie ein Kind, was noch nicht lesen kann. Großartig.
Jetzt darf es losgehen. Vorher muss ich aber erst mal das Kunststück vollbringen MIT dem kompletten Inhalt meines Magens am Ziel anzukommen.
Ich schaffe es, wenn auch nur mit sehr viel Mühe.

Stark österreichernde - ich verstehe kein Wort- und sehr nette Menschen begrüßen uns. Das entnehme ich ihrer Gestik. Sie scheinen sich über uns zu freuen. Das wiederrum bestätigt ihre Mimik und das wiederrum freut auch mich. Im Dunkeln lässt sich ein uriges Holzhaus erkennen. Das einzige Haus, was mir als Vergleich in den Sinn kommt, obwohl ich es nur aus dem Fernsehen kenne, ist die Schwarzwaldklinik, bzw. das Haus aus dem Vorspann der Schwarzwaldklinik. Ansonsten sehe ich------ nix. Es ist dunkel wie im Bärenarsch. Ich freue mich auf den nächsten Tag. Jetzt aber erst mal auf trockenes Brot und Wasser.

Mir ist noch immer SEHRsehr schlecht. Aki, ich, der Papa und die, deren Sprache ich nicht verstehe, sitzen noch einen Moment beisammen und lächeln sich an, dann torkeln wir alle ins Bett.

06.00 nächster Morgen:

Ich bin wach und das muss ich jetzt schnell allen Menschen mitteilen. Auch denen von gestern, die ich nach wie vor nicht verstehe. Heute werde ich zum ALLERERSTEN MAL auf einem Snowboard stehen und ich habe wirklich keine Zeit für lange Konversation oder ausgiebiges Eierpellen. Gern würde ich jetzt vorspulen. Unkonzentriert schlinge ich mein Frühstück runter. Zeitverschwendung. Die gestern Nacht nur in Umrissen wahrgenommene Landschaft ist heute in ihrer ganzen Gewaltigkeit präsent. Ich staune wie eine Dreijährige über das Wort „Zentrifugalregulator" und versuche es auch direkt auszusprechen.
Berge, riesengroße echte Berge und so viel Schnee, dass es für fünf Berliner Winter reicht.
Mein sensationeller Tatendrang treibt mich zunächst zu Fuß den Übungshügel hinauf. Ich gehe auch lieber, denn das Wort Lift kenne ich bisher nur in Zusammenhang mit einer Zitronenlimonade aus meiner Kindergartenzeit. Ich schaue ein bisschen zu, gerade so lange, bis mein Kopf wieder beginnt meinen Körper zu überholen. DER erste Moment ist gekommen. Die Snowboard-kursnummer, der Ritt in der Gruppe, das gemeinsame auf die Fresse legen, muss bis morgen warten. Erstmal wird jetzt probiert,

wie sich das anfühlt, so allein im Schnee. Risikolos unbeobachtet fühle ich mich zwar nicht- so ganz in ROT.

Ich werde die lauteste Komposition auf dem Einhornweißen Hügel abgeben. Ich puzzle mich auf mein Bügelbrett und fühle mich ein bisschen unverwundbar. Diese arrogante Einstellung soll mich noch eines Besseren belehren. Viele Male. Man hat nicht das Recht, sich nach einer dreißigminütigen Testphase bereits als Kenner einer neuen Sportart zuzuordnen. Auch nicht, wenn man glaubt, man könnte es oder wenn man thematisch so gekleidet ist.

Was soll ich sagen? Am ersten Tag habe ich mehr gesessen, als gestanden. Aber es hat gerockt. Der Nachteil meines Outfits hat mich nach bereits einer Stunde und fünf „Bergbesteigungen" eingeholt. Ohne Lift!

Das habe ich nun davon. Ich schwitze wie eine Bekloppte. Wäre es nicht offensichtlich Winter, ich würde meine atmungspassive rote Haut von mir werfen. Am Abend stelle ich fest, dass das Rot meiner Jacke sich in Form von Rosa über meine weiße Skiunterwäsche -nur geliehen, peinlich- ausgebreitet hat. An den folgenden Tagen belege ich einen Kurs. Ich habe nun das dringende Bedürfnis, mir die Bestätigung abzuholen, dass ich nicht die Einzige bin, die gerne einen großen, weichen Gesäßprotektor hätte.

Die Gruppe ist nett und lustig, mein Board scheinbar auch. Zudem weiß ich jetzt, weshalb ich gleich zu Beginn wie eine starre Rakete ins Tal schieße. Ich bin Besitzerin eines extrem unflexiblen Raceboards.

Cool, Fehlkäufe machen Spaß. Zusammen mit Tom, meinem Lehrer- dass ist der, der mein Board von Stunde null, ein Bügelbrett nennt- entschließe ich mich aber dennoch, dass verlockende Angebot anzunehmen, in den nächsten Tagen sein wesentlich flexibleres Board zu fahren.

Erstaunt lerne ich „plötzlich" Backside und Frontside Turns - und zwar nicht nur die Begriffe- und „side" ein ums andere Mal sehr beschwingt ins Tal. Immer wenn ich den Kopf einschalte, komme ich jedoch nicht in der optimalen Position unten an. Optimal meint: Aufrecht stehend, Knie leicht gebeugt, aber eben stehend. Oder wie Tom sagt: „Stell dir einfach vor, du stehst ganz cool an der Bar" Noch während er das sagt, stelle ich mir mich mit leicht gebeugten Knien an der Bar stehend vor, die Arme etwas abgewinkelt. Dabei fühle ich mich auch in Gedanken NICHT cool.

Zuviel Nachdenken wird mich noch häufiger bremsen. Den „Profihügel" am nächsten Tag soll ich nicht mehr mitbekommen. Der rote Regenmantel hat mir eine saftige Erkältung, nebst Fieber und Hustenschnupfendasganzeprogramm verpasst.

Nach dieser Woche weiß ich nicht nur, dass rote Polyesterdaunenjacken zwar rot, aber beim Sport ungeeignet sind, sondern auch dass es für mich auf Boards weitergehen muss. Ich weiß auch, dass dieses „Brett" ab jetzt an meiner Wand in meinem viel zu langen Flur meiner viel zu teuren Berliner Mietwohnung hängt und ich zukünftige Besucher meiner Wohnung in dem Glauben lassen kann, dass ich seit den Kinderschuhen des Snowboardsports snowboarde. So alt ist das Brett nämlich.

Wenn es nicht sogar DER Prototyp für den gesamten Sport war. Zudem habe ich – zu meinem Erstaunen- Gefallen an den Bergen gefunden, es tatsächlich geschafft, mich in Minusgraden zu entspannen und mich dabei auch noch wohlzufühlen. Na ja, so wirklich im negativen Celsiusbereich habe ich mich ja nicht bewegt. Es war immerhin so warm, dass ganze Farben ineinanderlaufen konnten. Und so endet das Abenteuer Berg. Nach 5 Tagen geht es heimwärts und geradewegs auf dem gelben Schein ins Bett.

KAPITEL 3

15.10.2005 Der Ozean

Wieder Aki und ich, diesmal: Wasser in meiner
bevorzugten Form: Nicht festgefroren und arschkalt,
sondern mit Geräusch und ziemlich blau und
beweglich. Warm allerdings auch nicht. Wir stehen
wieder am Flughafen.
Ziel: Fuerteventura.

Im Internet habe ich ein Surfcamp ausfindig gemacht,
was in unser finanzielles Budget passt und noch dazu
einen Ort aufgerissen, der um diese Jahreszeit noch
ein paar Sonnenstunden bietet. Ich weiß, wir werden
um den Neoprenanzug nicht drum herumkommen,
rede mir aber ein, dass warme Lufttemperaturen alles
andere wettmachen können. Bis heute ist es mir nicht
gelungen, dem Material Neopren etwas
abzugewinnen. Wer einmal einen viel zu dicken,
schlecht vernähten Anzug nach dem Surfen wieder
ausziehen musste, weiß was der Begriff „würdelos"
meint, ohne vorher im Wörterbuch nachgeschlagen zu
haben.
An diesem Samstag sind wir entschlossen.
Nach einem „schwierigen" Urlaub auf Ibiza, den ich
unbedingt ganz schnell vergessen muss, der meine
Synapsen seit Tagen auf Trab hält, mich vollkommen
bewusstlos gemacht hat, muss jetzt etwas her, was
den Gedanken an vergangene Zeiten, verpasste
Gelegenheiten und den Menschen, den ich, seit mehr

als einem Jahr nicht nur wahnsinnig vermisse, sondern auch noch in eben diesem Urlaub ein wahrscheinlich letztes Mal- ist besser so- getroffen habe, vertreibt. Here we go. Sagen wir. Die freundlichen Damen von der Fluggesellschaft, der wir diesmal ein Standby-Sitzkontingent aus dem Rippen leiern wollen, meinen dazu erstmal: GAR NICHTS.

Übersetzt heißt das: Die Maschine ist überbucht. Prima, ich bin gemäß den Mitarbeiterflugpolicies „Bekleidung" aufgerüscht bis unter die Schuhsohle und wünsche mir in diesem Moment meine Jeans und einen Kapuzenpulli mit einem Motivationsspruch herbei. Aki, die in eben diesen Klamotten neben mir steht, meint dazu nur, das sei ja ein Charterflug, das ginge schon. Wehe wir kommen wegen ihrer getragenen und meiner gerade vermissten Jeans nicht mit.

Ich bin nervös.

Standbyfliegen ist die Vorstufe der Anspannung, die für mich im Flugzeug noch dazu kommt.
Also die Vorstufe zur Hölle. Insofern bekommt mir dieses Firmen Benefit nicht wirklich. Und obwohl ich noch nie am Flughafen stehen geblieben bin und es auch niemals werden soll, bin ich auch jetzt schon wieder am Ende der Bereifung. Ich plaudere munter drauf los und hoffe wie immer das Beste.
Die Dame am Schalter bestätigt meinen Erstverdacht und sagt uns jetzt -mit all ihrer zur Verfügung stehenden Vehemenz- die Maschine sei voll.

Da ginge gar nichts, aber man könne ja warten. „Man"
vor allem. Viiiiieeeeeeleichteventuuuueeellll
wüüüüürde ja doch noch etwas frei werden.
Aki und ich planen schon unsere Ferien in Berlin, nebst
Kinobesuchen, Paddeln auf dem See und Kurztrips, da
werden wir aufgerufen.
Nichts Ungewöhnliches. Kaum hat man sich mit
seinem Schicksal angefreundet, arrangiert und
alternativiert, ist man wieder auf der Poleposition.
Das erfordert neben Optimismus auch viel Fantasie
und Flexibilität. Los gehts. Ich sitze am Fenster, in
Flugrichtung rechts. Das ist insofern eine wichtige
Information, als dass dies die definitiv bessere Seite ist,
wenn man von Berlin nach Fuerteventura fliegt.
Zumindest dann, wenn man nach ein paar schönen
Ausblicken trachtet. Nach ein paar Stunden sehe ich
die afrikanische Küste. Selbst von hier oben- und das
ist ganzschön weit weg- kann ich die Brandung
erkennen. Die Vorfreude ist riesig. Ich werde endlich
auf einem Surfboard stehen. Bald.

Wir landen um 20:00.

Es ist dunkel und wir machen uns zunächst auf die
Suche nach unserem Mietwagen. Das ist nicht ganz
leicht, wenn man sich zwar seit Jahren vornimmt
Spanisch zu lernen, es dann aber letztlich doch nur auf
„hola un agua sin gas porfarvor" und einen VHS Kurs a'
10 Stunden- immerhin- gebracht hat. Ich krame das
große Latinum aus den Ecken meines Gehirns, wo es
sich seit meinem Schulabgang sehr komfortabel
eingerichtet hat, kann so ein paar Vokabeln locker

machen, verfalle aber aus Faulheit wieder in ein inkonsequentes Denglisch, um herauszuhören, ob mein Gegenüber eher den englischen oder den deutschen Teil versteht. Das Latinum kuschelt sich unterdessen wieder in mein Unterbewusstsein zurück. Mit dieser Methode finde ich heraus, dass ein rotgekleideter Mensch (und wieder Rot) irgendwo auf uns warten soll. Umständlich denglischen wir nach dem besagten Treffpunkt. Klassischerweise stehen wir bereits genau davor. Eine in spanischer Lässigkeit gemessene halbe Stunde später stehen ein Block, ein Kreditkartenritschratschinstrument - ich bin überrascht, dass es so was noch gibt, fast möchte ich mal anfassen- und ein rotgekleideter Mitarbeiter der Mietwagenfirma vor uns. Das ist fast ein bisschen zu viel dieser Grundfarbe. In der Zwischenzeit hat sich der Flughafen in eine Chillout Area verwandelt. Neben uns lungern nur noch wenige, ebenfalls verwaiste Touristen in der Ankunftshalle herum.

Unser Mietwagen ist klein, fein, fahrbar und wartet in einer Parkbucht am anderen Ende der Welt auf unser Erscheinen. Noch immer trage ich die unsagbar bescheuertsten Klamotten, die man tragen kann, wenn man in ein Surf Camp fährt. Und natürlich hatte Aki recht, es hat überhaupt keinen Sinn gemacht den Policies für schickes Fliegen nachzukommen. 80% unserer Mitreisenden trug Jogginghosen, die übrigen 20% waren Kinder und sind somit nicht zu bewerten. Ich trage also noch immer feinstes Schuhwerk und bin im „kleinen Schwarzen" (die Hosenform) unterwegs.

Superbescheuert. Egal, wir haben noch über eine Stunde Fahrt vor uns und die Mietwagennummer hat uns ebenfalls eine ganze Stunde gekostet.

Auf der Fahrt mache ich mir Sorgen über alles Mögliche und wir halten am nächsten- in Berlin würde man sagen „Spätkauf", um ganz Neuzugang, der- wenn auch nicht mit seinem Outfit punkten,- dann doch wenigstens nicht mit leeren Händen erscheinen will. Eine Flasche Wein, na gut... zwei..., ein paar Bierchen und ich brauche auch gleich das ganze spanische Feeling und gebe mich meinem ersten Eis hin. Schon als Kind schmeckte das Leben einfach überall besser als zuhause und am Ende ist es dann doch wieder nirgends so gut, wie bei Mutti. Jetzt ist aber erst mal nichts so gut, wie dieses Eis.

Ich entspanne mich in meinem Businessoutfit. Ein wenig ärgert mich, dass ich Kassetten!!!!- hat die überhaupt noch wer? - mitgebracht habe, weil ich unserer Mietwagenkategorie kein CD-System zugetraut habe. „Denkste", selig schlummert die Technik und mit ihr ruhen meine –wie heißen die Dinger doch gleich? - MC's. Wir hören Radio.

Die Landschaft ist ein Brei aus verwaschenen Silhouetten, neuen Gerüchen und fremden Geräuschen. Ich atme durch das geöffnete Fenster die klare Nachtluft ein und weiß: Wir sind am Meer.

Das Meer riecht gut. Immer, überall. Ich fühle mich ein bisschen frei und fantastisch. Langsam tasten wir uns durch die unbeleuchtete Natur. Ich wundere mich über die „Wildwechselschilder" auf denen abwechselnd Kühe und Hirsche?! abgebildet sind, sage aber erst mal nichts. Soweit ich weiß, gibt es hier außer ein paar

Herbals- kauender Ziegen und ein paar genügsamer Geckos nicht viel. Manchmal werden wir überholt, weil ich mal wieder viel zu langsam fahre. Autofahren hypnotisiert mich. Ich singe, Aki singt. Wir singen. Ich fahre schneller. Nach gefühlten 150 Kreisverkehren und vollkommen unbeleuchtet, sowie ampellos erreichen wir die Nähe unseres Zielortes.

Ich erwähne dies deshalb, weil ich erst mal an dem unscheinbaren Ortseingang vorbeifahre. Irgendwer hat sich erbarmt ein winziges Schild aufzustellen.

Ich übersehe diese in Gnade erbaute Kleinigkeit zunächst, treffe aber dann beim zweiten Anlauf, diesmal hügelabwärts. La Pared ist ein verschlafenes Örtchen im Süden der Insel. Gerade so erkennt man die Einfahrt in den Ort- die, erwischt man die falsche Seite der Fahrbahn, und das tut man fast immer, eher einer Behelfspiste auf den Mond gleicht als einer Straße. Ich lenke unser Raumschiff durch die Berge und Täler der nächsten 150 Meter und versuche zu erkennen, welche Seite der Straße für uns gebaut wurde.

Wir fahren langsam, mit geöffneten Fenstern.

Kein Licht, kein Mensch, nicht mal eine fußkranke Katze oder ein streunender Hund. Entweder ist der Ort soeben spontan verlassen worden, oder wir sind komplett falsch. Vielleicht doch auf dem Mond?

Wir wollen schon wieder umdrehen, da hören wir Lachen, Musik und mehr als eine Stimme.

Die Tür, aus der das Lachen kommt ist verschlossen und in tiefe Dunkelheit getaucht.

Da weiter sonst nichts lacht, entschließen wir uns diesem Geräusch zu folgen.

In Anbetracht der Einfachheit von allen Dingen um uns herum, denke ich gerade noch rechtzeitig daran, meine Lederflugsuperschickschuhe gegen Flipflops einzutauschen, die Haare in sportliche Unordnung zu bringen und mir den Rest Großtadtprinzessin aus dem Gesicht zu wischen, da stehen wir auch schon mitten im Geschehen mit unseren Spirituosen und dem peinlichen Versehen, alle für zunächst englischsprachig zu halten. Der erste Satz ist demnach „Ihr könnt auch Deutsch sprechen", gefolgt von allgemeinem Gelächter. Prima, leicht hier lustig zu sein.

Dass Alle Deutsch sprechen, finde ich seltsam, stelle es aber zu fortgeschrittener Stunde nicht infrage.

Mein Blick fällt in die Runde. Ich sehe in braungebrannte Gesichter und auf blonde Köpfe. Nichts anderes habe ich mir vorgestellt, auch wenn hier gerade wirklich alle Klischees erfüllt werden.

Das Camp ist sporadisch, aber authentisch. Miguel – anscheinend Surflehrer- auf jeden Fall aber sehr amüsiert über unsere Ankunft, erweist sich sogleich als fast uneigennützig hilfsbereit und schleppt unseren kompletten Hausstand - hier sage ich NIEMANDEM, dass ich einen Föhn dabei habe- in das innere der Behausung. Man klärt uns über die Unsitte von Einbrüchen in Autos auf und wir sind froh den ganzen Kram endlich an Land zu haben. Eine Tasche lasse ich im Auto. Ob meines uncoolen Outfits, schaffe ich es nicht auch noch mich zu drei!!! Taschen zu bekennen. Ich werde sie später holen..., wenn alle schlafen.

Ich höre mich Sachen sagen wie „Kalte Dusche? Total okay..." „Zelten- prima, Zeltaufbau, jetzt im Dunkeln? Ja, passt schon...Ich mach das mal gleich".

In diesem Moment wollen wir beide beweisen, dass wir extrem lässig und dieses Urlaubs würdig sind.
Wir nehmen es ab heute mit Monsterwellen, Baustellenfahrzeugen, Zeltplanen, Fruchtzwergen und Kobras auf. Und so kommt es, dass man uns scheinbar mag und wir unseren ersten, landschaftlich schemenhaften Abend weinselig beenden.
Wegen der Unmöglichkeit eines Zeltaufbaus bei Nacht- das haben wir dann doch noch festgestellt- schlafen wir in Miguels' Ersatzzelt auf dem Dach des Camps. Warum jenes großzügige Angebot unseres Surflehrers erst mal wieder alle zum Lachen bringt, erfahren wir später. Ich bin vorläufig zu müde einen Hund von einer Katze zu unterscheiden. Dem Himmel so nah, die Sterne uns fast auf den Kopf fallend, liegen wir zu zweit in einem viel zu kurzen Zelt. Es soll wenig später im Fußbereich etwas mehr Spielraum haben.

Das Begleitgeräusch zu der neu entstandenen Komfortzone ist zum Glück kaum hörbar und wird daher auch von uns beiden nicht weiter erwähnt. Man muss ja nicht alles gleich nach dem ersten Kennenlernen erzählen. Der Ozean, der ganz in der Nähe sein muss, denn ich höre die Brandung, lässt mich in einen tiefen Schlaf gleiten. Ich schwimme meiner ersten Welle entgegen.

16.10.2005

Ich habe es irgendwie geschafft nachts nicht
aufzustehen und bin nach einem kurzen Rundumblick
dankbar, dass dem so war. Unser Zelt, welches wir –
wie noch mal? - gestern Nacht erreicht haben, steht
auf einem Dach. So weit so hoch. Unser Foyer ist der
gesamte Zeltplatz zu unseren Füßen und unser direkter
Nachbar ist Miguel. Mit ihm teilen wir uns eine
wackelige Leiter und den Sperrmüll auf der anderen
Seite des Daches. Auch bei Tag, macht es etwas Mühe
nicht auf die langen Schrauben und Nägel zu treten,
die verkehrtherum aus dem Dach ragen.
Ich überlege spontan die Zerstörung unserer
Behausung auf unsere raue Umgebung zu schieben,
breche aber zunächst nicht unser Schweigegelübde.
Nach einer Tasse Tee oder Kaffee oder was es auch
war, brechen wir auf, um eben diese Dinge logistisch
zu vervielfältigen.
Wir müssen einkaufen. Praktischerweise sind wir
damit nicht allein und so fahren wir in kleinen
Fahrgemeinschaften ins benachbarte Costa Calma, um
dem dortigen Supermarkt einen ersten Besuch
abzustatten.

Um **11:00** sind wir bereits wieder im Camp und um
13:30 stehe ich dann endlich am Strand.
Ich habe nun auch lange genug gequengelt und
möchte noch vor meiner ersten Surfstunde wissen,
was mich erwartet und wie das alles überhaupt laufen
soll. Und so laufen wir- zum Felsen. Schauen hinunter
und...Ich verstehe nichts. Da soll ich rein? Ernsthaft?

Ich erkenne weder den Nutzen noch die Notwendigkeit, geschweige denn den Sinn.
Ich sehe: Viel Wasser, viel weißes Wasser.
Spontan denke ich an eine Waschmaschine und stelle mir vor, wie ich auf meinem Oberhemd durch den Schleudergang in das Wollprogramm reite. Ich bin jetzt noch ein bisschen neugieriger, dafür nun aber auch auf alles gefasst.

16:00: Mir wird ein sehr altes Surfboard ausgehändigt. Das diagnostiziere ich, da das Brett sehr schwer und sehr farblos ist. Es muss also schon ein bisschen Wasser gebunkert und etwas Dekor gelassen haben. Macht nichts. Es ist ein Board und mit dem Alter kommt die Erfahrung. „Auf alten Schiffen lernt man Segeln", so der Spruch, der mir dazu einfällt.
Meinen Wetsuit ziehe ich zunächst dreimal verkehrt herum an. Das ist möglich, aber selten.
Zu dem Wetsuit habe ich ein paar Ärmlinge erhalten, die ich umständlich an den Anzug heften soll.
Man sagt mir, „ich würde schon sehen" und „später sei ich dankbar" Nur so viel: Es hat etwas mit dem Alter des Boards zu tun. Da stehe ich nun in meiner Gummipelle mit angeknüppertem Arm und schwitze.
Aus der Ferne höre ich Miguels Erklärungen.
Sie kommen so semi bei mir an.
Ich will ins Wasser, welches ich gerade selbst beginne zu produzieren. Endlich. Miguel hat Erbarmen.
Vielleicht auch einfach Bock uns jetzt loszuwerden.

Es heißt, Surfen geht so:

Man nehme das Board und befestige die Leash (Sicherheitsleine) am hinteren Standbein.
Bei mir ist das rechts. Man klemme sich das Board unter den Arm, raffle die Leash gerade so hoch, dass man nicht beim Laufen drüber fällt und gehe auf das Wasser zu.
Idealerweise tue man dies bei Niedrigwasser, damit man nicht gleich beim Reinlaufen von einer Welle umgewatscht wird.
Unser Surflehrer empfiehlt uns zunächst das Board mit der Nase nach vorn – Fahrtrichtung Land- auf das Wasser zu legen, um sich so schneller in der richtigen – also Fahrtrichtung- vom Weißwasser an Land schubsen zu lassen. Und wer schubbst? Man muss sich das so vorstellen:
Am Rande der Kalahari an einem der wenigen Wasserlöcher steht ein großer Elefant. Da dem Elefanten sehr warm ist (das ist nur Beiwerk zur erklärenden Geschichte) schmeißt sich dieser nun übertrieben heftig in die oben beschrieben Pfütze.
Am Rand dieser Pfütze- da stehe ich- gibt's einen Schwappeffekt. Da ich die Pfütze verlassen möchte (nehmen wir an, ich wäre reingefallen) nutze ich - clever, wie ich bin -diesen Effekt, um aus der Pfütze „rauszufahren".
Anders: Draußen, da brechen die Wellen.
Nach meinem heutigen Empfinden unangemessen groß. In diesem Fall ist das aber sehr praktisch, denn große Wellen, schieben auch viel Weißwasser vor sich her. Und hier komme ich ins Spiel. Denn genau das

Wasser soll mich nun- auf Anweisung meines Surflehrers- mit samt der alten Planke Richtung Strand schubsen- oder anders- gleiten lassen. Man stellt sich das so schön vor, so ästhetisch, so „eins-mit-dem-Ozean".

Die Wirklichkeit sieht anders aus und so stelle ich mir es auch aus der Sicht von meinem Surflehrer vor. Wieviel Mitleid, Sorge und Scham muss man aushalten können? Frage ich mich zunächst, dann sehe ich es bildlich vor mir. Kurzbeschreibung: Man läuft mit einem sehr sperrigen Gegenstand auf das tosende Meer zu. Dabei bammelt einem eine Strippe um das Bein, deren Zweck sich wenig oder noch nicht mit der Koordination des Gegenstandes unter dem Arm und der Vorwärtsbewegung der Füße in Einklang bringen lässt. Das alles ist schon schwer zu ertragen. Was dann kommt, hat nicht viel mit den schönen Surffilmen und den hübschen Menschen zu tun, die sich göttergleich über die Wellen gleitend, dem Universum so nah befinden. Es ist eher mit einem Torkeln zu vergleichen, bei dem man versucht sich nicht in einem achtarmigen Kraken zu verheddern und gleichzeitig vorwärtszukommen, während man einen riesengroßen, beim Schwimmen eher ungewohnten Gegenstand versucht davon abzuhalten, einem die Fresse zu polieren. Gleichzeitig soll man dabei gut aussehen und es irgendwie schaffen das Zeit-Raum-Verhältnis zu überlisten, welches man maximal nutzen muss, um sich nicht an der Leash aufzuhängen, während man das Board im Bruchteil einer Sekunde so unter sich schiebt, dass sich mit der nächsten

Weißwasserwelle die physikalische Finesse einer Vorwärtsbewegung erreichen lässt:
Kraft = Bewegung. Idealerweise liegt man dazu bereits auf dem Board auf dem Bauch und kann das alles genießen. Für jeden der beschriebenen Schritte bleiben einem 0,3 Sekunden Handlungsspielraum. Wenn es gut läuft.
Und: Nein. Das kann am Anfang nicht gut aussehen und das tut es auch nicht.
An diesem Tag trennt sich die erste Spreu vom Weizen. Es ist die Spreu, die sich pessimistisch darin wähnt, ab jetzt für immer wie ein Betrunkener auf einer Tischplatte- noch dazu ungebremst -auf das Land zu zurasen und dabei jede Kontrolle über seine Würde zu verlieren. Für sich ausschließend, dass dies jemals im Stehen funktionieren kann. Ich schaffe es zwar mich noch wie ein Weizen zu freuen, verliere aber ein paar Körner. Ich bin für heute erledigt und verwirrt.
Das waren verdammt viele Eindrücke. Zuletzt musste ich so viel auf einmal begreifen, als ich mit dem VVS (Verkehrs- und Tarifverbund Stuttgart GmbH) von Sindelfingen nach Filderstadt fahren wollte und sich zwischen den beiden Tarifwaben eine Baustelle befand.
Am Abend erfahren wir, dass es eine Party am Strand geben wird. Ich bin begeistert. Nach einem kleinen Pimp-my-Outfit – Moment und einer kalten Dusche, machen wir uns auf die Suche zu dem betreffenden Strand. Trotz des eher unwegsamen Geländes kommen wir am Ende alle heil am Ziel an.
Diese Location soll ich nicht zum letzten Mal besuchen. Für heute ist es jedoch das erste Mal.

Da kommt so eine Großstadtpflanze wie ich, mit verträumten Vorstellungen vom Surfen auf eine Insel in ein Camp, in dem wirklich alle Klischees erfüllt werden und steht dann noch am ersten Abend an einem Strand, den man für eine Party am Strand jetzt auch nicht besser hätte beschreiben können.

Während von oben die Sterne funkeln, rauscht von vorn die Brandung, am rechten Rand knackt ein Lagerfeuer und von hinten kickt ein DJ der Menge in den Hintern. Die „Bar" ist ein Felsvorsprung, 90% der Feiernden sind blond, 50% haben mindestens einen Hund mit lustigem Sympathie- Vagabundenhalstuch, die Hälfte der Luft ist klar, die andere Hälfte riecht nach Gras. So what? Ich muss schon sagen, ich bin ziemlich geflasht von so viel echtem Surfgedöns.

Obwohl der Camp Betreiber, des von mir ausgewählten Surfcamps, nichts dazu beigetragen hat, dass es so ist wie es ist, beschließe ich dennoch diesem Urlaub und damit auch dem Camp und dem Betreiber 5 Sterne zu geben. Und ein kleines Andenken behalte ich auch für immer. Fliegt mir doch in einem Moment der größten Freude über diese schöne Nacht, ein Zigarettenstummel unter den Pullover in die Armbeuge, brennt sich dort fest und hinterlässt eine Narbe, die ich bis heute auf ewig mit dieser Nacht in Verbindung bringe.

Übrigens sind lange Arme am Wetsuit auch dann gut, wenn man sich in der Nacht davor die Armbeuge versengt hat.

17.10.2005, 10:30

Heute wird erst einmal „ausgeschlafen", dann geht es nach Jandia.
Jandia liegt noch ein wenig südlicher, bzw. eigentlich südöstlicher gelegen und betont vor allem durch sehr offensichtlichen Tourismus. Das bedeutet neben Hotels, gibt es vor allem Hotels.
Wir verbringen den Tag dort, da wir surf frei haben.
Am Abend kehren wir nach La Pared zurück und freuen uns darüber.
So gesehen hatte dieser Tag wenig mit Surfen zu tun und sehr einheimisch war er auch nicht.
Dafür konnte ich meinen verbrannten Arm ein bisschen schonen.

18.10.2005, 12:00

Es wird weiter gesurft. Wir sind schon eine gut eingespielte Truppe, organisieren uns selbst und trotten bereits vor dem Kurs mit den kirchportalgroßen Brettern an den Strand.
Miguel wartet entweder bereits unten auf uns oder trifft später dazu. Wie auch immer, irgendwann treffen wir alle aufeinander. Die Spreugruppe, die inzwischen 2 Personen zählt, macht aus Höflichkeit weiter mit.
Die Weizenabteilung arbeitet verbissen weiter an Kleinsterfolgen und die eine übrige Person, die ich keiner Gruppe zuordnen kann, paddelt – dank des ihr offensichtlich in die Wiege gelegten Talentes- bereits draußen bei den ungebrochenen Wellen rum.

Mein Erlebnis heute schließt einen fliegenden Teppich oder was auch immer steif durch Gegenden fliegt, nasse Haare, ein stark verbesserungsbedürftiges Balancepotential und einen Surflehrer mit sich nach oben verdrehten Augen ein. Seltsamerweise finde ich alles das gut und bin für jemanden, der heute eher weniger gestanden, als umgefallen ist, am Abend auffallend gut gelaunt. Eines der Phänomene, die ich nur vom Surfen kenne. Es ist egal, wie scheiße der Tag war, irgendwie ist der Abend danach immer maximal schön.

19.10.2005

Es wird weiter und weiter und weiter gesurft. Egal was wir machen, eines machen wir immer: Wir steigen in die Wetsuits und probieren das Unmögliche.
Jeden Tag, immer wieder. Ich kann das nicht aufgeben und ich will es auch gar nicht.
Miguel hat wenig philosophische Ansätze in dieser Woche zum Besten gegeben. Ich hätte einem Surflehrer, der nichts anderes tut, außer surfen und uns dabei zu belächeln, wie wir es versuchen, mehr kluge Sprüche zugetraut. Den einen Satz jedoch werde ich nicht mehr vergessen. Auf seine Frage, warum ich eigentlich Surfen möchte, sage ich- etwas zu motiviert- „weil ich es unbedingt lernen will". Beides hat seine Berechtigung. Sowohl die Frage, als auch meine Antwort. Ich erhalte die Botschaft, dass das Adjektiv „unbedingt" in diesem Zusammenhang eher wenig hilfreich sei. Rückblickend würde ich das Ganze als die

maximal treffendste Weisheit aus dieser Woche oder wahrscheinblich sogar überhaupt betrachten.

„Unbedingt", das klingt so nach „Muss", „Will", „keine Gnade" und schon „gar keinen Spaß".

Es ist fast schon militant. Meine Schlüsse beginne ich dennoch nur langsam zu ziehen.

Am Abend treffen wir uns mit einem Bekannten aus Akis Fernunigruppe. Warum der Typ ausgerechnet in dieser Woche auf der Insel ist und was die beiden verbindet, weiß ich bis heute nicht. Fernuni ist wie Fernbeziehung und genauso oft hat man sich bereits gesehen oder eben nicht. Warum ich dabei sein soll, wird mir klar, als wir gegenüber vom San Borondon in Morro Jable an einem der schönen Holztische einer Tapas Bar, die es heute nicht mehr gibt, Platz nehmen. Hier fehlt es an Gesprächsstoff.

Dass Aki den Typen gar nicht kennt, macht es nicht besser. Null Flow, keine Gemeinsamkeiten.

Hier trifft Wanne- Eickel auf Sylter Kringel. Zum Glück, oder auch nicht, hat er einen weiteren Kerl im Schlepptau, der ähnlich humoristisch an die Sache herangeht wie ich. Ich beschließe Konversation zu betreiben, freue mich aber jetzt schon auf ein vorzeitiges Ende dieses Abends. Bis heute weiß ich weder die Namen der beiden, noch habe ich eine Idee, warum wir genau dort gemeinsam gegessen haben. Dass wir am Ende noch im Club Robinson in Jandia gelandet sind, macht es nicht besser.

Als wir – dank Gott- wieder im Camp sind, begrüßen uns eine angetrunkene Caro und eine ebenso weinselige Isabel. Die beiden haben offensichtlich über das Erzählen, den Nebenbeikonsum der Flasche Wein vergessen. Um ziemlich genau Mitternacht löschen wir das Licht, unseres inzwischen in den Innenhof und damit eine Etage tiefer umgezogenen Zeltes.

20.10.2005

Nach einem kleinen, weiteren Einkauf sind wir auch heute wieder am Strand. Im Grunde sieht hier jeder Tag gleich aus. Rein ins Wasser, raus aus dem Wasser. Raus aus dem Wetsuit, rein in den Wetsuit.
Ich bleibe untalen- aber motiviert und freu mich über jeden Moment, den ich hier verbringen darf.
Zum Sonnenuntergang haue ich mir dann das Surfboard ins Gesicht. Endlich! Ich dachte schon das passiert nie- Ironie an- Ironie aus. Bereits im Wasser bin ich mir sicher, dass das nicht gut aussehen kann. Ich erinnere meine mitsurfenden ErsthelferInnen lieb an das Antikoagulanz, welches ich seit meiner Diagnose einnehme, um das Blut „zu verdünnen". Um möglichst wenig Hysterie auszulösen, gehe ich gefasst auf die nächstbeste Person zu und frage freundlich, ob diese meint, dass ein Arztbesuch sinnvoll wäre. Eine weitere Person rennt schreiend davon. Ich beschließe mich nicht davon irritieren zu lassen und mich auf die deutlich beherrschtere erste Person zu besinnen. Im Camp angekommen muss ich feststellen, dass ich wirklich scheiße aussehe und ärgere mich spontan, dass es nicht die Oberlippe erwischt hat.

Wenn dicke Lippe, dann doch bitte symmetrisch und gern eher Ober- als Unterlippe.
Jetzt sehe ich aus, als hätte ich ein unzerkautes Schlauchboot verschluckt.

21.10.2005

Grillparty mit Sexpuppengesicht. Heute gibt es eine Surfpause und viel Eis.

22.10./23.10.2005

Ich surfe ungeniert und ungehindert weiter.
Ungeachtet der Tatsache, dass ein, zwei Stiche mit Nadel und Faden sicher nicht nachteilig gewesen wären, sehe ich nicht ein, meine letzten 2 Tage damit zu verschwenden, mich zu bedauern.
Unsere Gruppe ist noch einen Tag vollständig, dann reisen die ersten ab. Swen und ich bringen am folgenden Tag Sandra und Tommy zum Flughafen.
Wir nutzen den letzten Landmoment, um ein paar irre Photos zu machen, bevor wir den Rest des Tages wieder im Wasser verbringen.

Am **24.10.2005** surfe ich das erste Mal stehend an den Strand und freue mich wie eine Wahnsinnige.
Psychologisch war das ein mieser Schachzug, denn jetzt bin ich besessen.
Man sollte einen Gefahrenaufkleber auf Anfängersurfboards kleben „Vorsicht, dieses Sportgerät kann Ihr Leben für immer verändern"

Am **25.10.2005** fliegen einmal Spreu und einmal
Weizen zurück nach Berlin.
Letztere plant bereits den nächsten Surfurlaub und
kann sich wenig auf andere Dinge konzentrieren.
Erstere ist merklich erleichtert, bedankt sich aber für
diese neue Erfahrung.

KAPITEL 4

31.03.- 09.04.2006 Kapstadt

Meine Aufzeichnungen beginnen am Ende –wenn alles gut geht, das weiß ich jetzt noch nicht- einer Reise mit Hindernissen (sag ich doch) am Flughafen Kapstadt.
Unser Mietwagen wird gleich seinem ursprünglichen Besitzer zugeführt. Zwecks dessen bin ich von Caro hier geparkt. Gottseidank. Aber dazu später mehr.

Frankfurt hat so ziemlich den beknacktesten Flughafen, den ich kenne. Man rennt in diesem Flughafen nur rum. Nichts kann man schaffen. Alles liegt gefühlte 10 Kilometer auseinander. Aus diesem Grund fährt das Personal hier auch mit als Servicewagen getarnten Golf Caddys rum, während sich das Fußvolk über Förderbänder rennend zwischen den Welten bewegt. Zu Beginn unserer Reise war ich noch etwas weniger braun und um einige Erfahrungen ärmer. Ich habe zum Beispiel gelernt, dass man seine Reiseaufzeichnungen mehrfach niederschreiben sollte. Meine wurden gestohlen. Nicht weil ich so exzellent schreiben kann, sondern weil sich diese zufällig in einem Beutel mit einem Taschenbuch über den Sinn & Unsinn menschlichen Verhaltens, Kostenpunkt 12,95€- erworben in einem zweitklassigen Zeitungsshop am Flughafen FRA- befanden. Jetzt befinden sie sich in den Händen eines südafrikanischen Straßendiebes.

Mein Tagebuch und „Der feuchtwarme Händedruck"-
Titel des Bestsellers aus meinem Beutel -weg,
gestohlen, gone away. Details dazu später.
Die Reise nach Kapstadt begann/beginnt am

31.03.2006

wieder einmal -am heute historischen- Flughafen TXL,
irgendwann um die Spätfrühstückszeit.
Haustier in den Urlaub geschickt, lässig langsam
aufgestanden und losgefahren zum Flughafen.
Die Maschinen um meinen geplanten Urlaubsbeginn
sehen alle „gut" aus. Auf den Seiten für das private
Fliegen der Angestellten einer Fluggesellschaft, ploppt
in diesem Fall ein grüner Smiley auf. Gelb ist etwas für
starke und rot nichts für schwache Nerven.
Die Sonne scheint und wozu die Eile? Eine berechtigte
Frage. Allerdings kann ich zu diesem Zeitpunkt auch
unmöglich wissen, dass heute 2 Maschinen ausfallen
und am Ende aus 3 Maschinen eine gemacht wird.
Mathematisch komme ich da wie immer nicht mit.
Vor meinem inneren Auge lacht höhnisch ein roter
Smiley. Meine Frage ist pragmatischer Natur: Wohin
mit den ganzen Menschen und – ganz egoistisch
gedacht- wohin mit mir?
Und dann...mal wieder: Final cut, Boardkarte. Ende
gut, alles gut. Wer braucht sowas? Das nächste Mal
halte ich mir die Ohren zu. Man hätte auch den Teil
mit den drei, zwei, einer Maschine überspringen
können. Hätte eh keiner gemerkt.
Ziemlich fertig komme ich am Schluss in Frankfurt an.
Großartig! Meine Koffer sind auch angekommen.

Ich schreibe eine SMS an Mr Mallorca/Ibiza- das muss sein, denn schließlich bin ich ja in FRA und damit in seiner Nähe Ich habe zu viel Zeit. Spontan kommt mir ein T- Shirt Spruch in den Sinn, den ich neulich gelesen habe „Don´t text your ex" Zu spät. Mal wieder.

So mal schnell ein Snack. Remember Airport Süd Afrika. 15:48. Noch immer keine Neuigkeit, ob wir heute noch fliegen werden. Caro bleibt weiterhin verschwunden. Ich bleibe geparkt.

Wir sind unterdessen immer noch in Frankfurt. Ich schlendere über diverse Shops zum Gate.
Das Wort „Schlendern" in Zusammenhang mit dem Frankfurter Flughafen zu verwenden ist so wie das Antonym „Sonne" und „Hamburg". Während des Schlenderns erwerbe ich eingangs angesprochenes Buch, welches mir nun -zum Zeitpunkt des Schreibens...**Remember: Ich befinde mich aktuell in CPT am Flugharen und warte auf Caro- nicht mehr gehört und warte auf – GENAU- meine Freundin Caro.**
Das tue ich auch aktuell in FRA: Auf Caro warten.
Die dann – im Grunde auf die Sekunde- dazukommt.
Mit der Neuigkeit, sie sei gerade durch ihre Prüfung gefallen. Was aus meiner Sicht in unmittelbarem Zusammenhang mit der Tatsache stehen muss, dass wir heute mit dem Flieger mitkommen. Karma is a bitch oder so ähnlich. Zu diesem Rechenschema später nochmal mehr.
Die South African Economy-Class ist zweifelsohne die Firstclass der Economy Classes:

Hübscher Einzelbildschirm, schicke Goodybags und Beinfreiheit wegen Notausgang. Here weg go! Richtung Kapstadt.

Chris, dem Inhaber von unserem Hostel in Kapstadt, habe ich vor unserem Abflug in Frankfurt noch eine schnelle SMS gesendet, von wegen wir werden ankommen und so.

Unser Flug verläuft ruhig, entspannt und wir sind maximal gechillt. Nach 12 Stunden Flug kommen wir

am Morgen des 01.04.2006

in Kapstadt an.

Hier eine erneute Nachricht an unseren Gastgeber, der uns dann nach nur zwei Fehlversuchsanrufen am Flughafen in Kapstadt einsammelt. SMS Chris „Was gibt es denn so früh am Morgen?" Antwort Tine „Nichts, nur uns, lass dir Zeit"

Unsere Hände riechen noch nach dem obligatorischen Wir -landen-gleich-Erfrischungstuch. Duftnote: Zitrone-fällt-in-Essigwasser und streift dabei die Toilettenschüssel, während wir schon nach einem blonden Surfer Ausschau halten, der dann auch 30 Minuten später ums Eck geschlurft kommt, den Kaffee freudiger begrüßend als uns. Wenn ich eins gelernt habe, dann dass beim Surfen fast immer, fast alle Klischees bedient werden. Weiter geht es mit dem Surf Bus (ja, auch hier kleben tatsächlich Hibiskus Blüten auf der Schiebetür), uns und unserem Gepäck zu einem DEUTSCHEN Bäcker.

Chris holt seine Lieblingsbrötchen für sich selbst und für seinen Camp Buddy Bernd.

Ich kaue ein Croissant und tue überrascht, wie Französisch doch deutsch gebacken schmecken kann. Weiter geht's mit dem Bulli zum Hostel. Dolphin Road in Blouberg- Tableview. Links: der Strand und die Wellen, Rechts: Wir, aber leider nicht mehr fähig Links- und Rechtsverkehr voneinander zu unterscheiden.
16:05. Caro rast dem Mietwagenheini hinterher. Zum Glück ist der Flughafen in CPT nicht ganz so groß, wie der in FRA.

Nach einer kurzen und verschlafenen Inspektion unserer Bleibe sind wir erstmal nur noch da und gleich darauf im Bett. Es muss so **16:00** sein, als wir uns entschließen, die Umgebung und uns selbst in der momentanen Situation zu analysieren.
Da wir nach wie vor noch nicht „ganz da" sind, gönnen wir uns einen Einkauf im nächstbesten 7/11. Ich shoppe eine illustre Mischung aus Müsli und Wein.
Zu diesem Zeitpunkt habe ich in meinem Leben noch niemals etwas von Seafog gehört und bin dementsprechend erstaunt, als nach unserem wirklich sehr kurzen Besuch im Seven Eleven der Tafelberg einfach weg ist. Ich schiebe es zunächst auf meine Müdig- dann auf meine Orientierungslosigkeit.
Aber so oft ich auch den Supermarkt umrunde, Kapstadts Wahrzeichen ist weg.
Nach weiteren 10 Minuten habe ich endlich begriffen, dass der gesamte Berg und das vor uns liegende Meer im Seafog verschwunden sind. Das muss man sich so vorstellen, als stünde man in einem Club, flirtet auf der anderen Seite der Tanzfläche mit einem irren heißen Typen und dann geht dieser bescheuerte Diskonebel

an. Es schauert mich daran zu denken, dass ich jetzt da draußen auf meinem Surfboard sitzen könnte. Wenn ganze Berge weg sind, dann wahrscheinlich auch ich. Wer Kapstadt kennt, weiß, dass es in den Gewässern- vor allem um Robben Island- verdammt viele weiße Haie gibt. Es ist – sozusagen- die Insel der Leckerbissen für diese herrlichen Geschöpfe, denen ich trotz ihrer Herrlichkeit nicht in der Nähe ihrer Lieblingsmahlzeit begegnen möchte. Wie wir ja wissen, sind Haie ziemlich kurzsichtig und nicht unbedingt wählerisch. Wenn nur das Bewegungsschema passt.

Ich möchte mich jetzt nicht mit einer Robbe vergleichen, würde aber sagen mit Brett und von unten betrachtet von einem Hai mit 5 Dioptrin, könnte das irgendwie hinkommen.

Eine schlechte Lichtbrechung inkludiert.

SMS von Caro: Kein Mietwagenmensch in Sicht. Ja, super! Ich sitze immer noch hier. Links das Board, vor mir zwei Koffer, zwei Rucksäcke und rechts ein Lunchpaket- given by Caro.

Die Flasche Wein aus dem 7/11 exen wir noch auf dem Rückweg über den Bloubergstrand, mit eben keiner Sicht auf den Tafelberg und Gänsehaut auf den Armen. Ohne Sonne wird es schnell empfindlich kühl.

Zurück im Hostel, zurück im Bett. Das RummsBumms um uns herum, bekomme ich kaum mit und tue es im Halbschlaf als lästiges Gewitter ab. Tatsächlich jedoch haben wir die Abschlussveranstaltung der Feuerwerksweltmeisterschaft verpennt. Im Finale: Kapstadt. Nicht dabei: Tine & Caro

16:15 Immer mehr Deutsche, die auch nach FRA zurück wollen. Ich bete für einen Jumpseat..egal..irgendwas. Von mir aus auch bei dem Copiloten- und wenn er dreckige Füße hat- im Fußraum.

02.04.2006

Wir stehen um 10:00 auf. Es ist Sonntag. Da muss das eigentlich nicht sein, aber wir sind ja auch im Urlaub und irgendwie zeitverwirrt. Bernd rauscht um die Ecke. Wir beschließen a) zu surfen, b) einen Wagen zu mieten und c) Bernd zu begrüßen. Der Mann von der Mietwagenfirma trifft gegen 13:00 ein. Mit seinem Eintreffen, verändert sich unsere gesamte Urlaubschronik. Von nun an ist nichts mehr so, wie es war. Man kann den Urlaub ab jetzt in Mietwagen unterteilen.
Mietwagen Nr 1: Unser erstes Fahrzeug.
Leider nicht photographisch dokumentiert, ist ein türkisblauer Golf 1, den vorher irgendeine Caro gefahren ist. Dass sie Single ist, mutmaßen wir, da nach nicht einmal 10 Minuten Fahrt das Fenster der Beifahrerseite einen soliden Abgang macht.
Es gibt ein ebenfalls leider nicht dokumentiertes Geräusch dazu. Hätte Kapstadt- Caro einen regelmäßigen Beifahrer gehabt, gäbe es Spuren von Reparaturversuchen oder zumindest irgendeine behelfsmäßige Haltevorrichtung.
Mietwagen Nr 2: Das Caro-Mobil in türkis, macht für einen Golf 2 in Rot Platz. Wir reisen mit zwei intakten Scheiben und begeben uns auf Equipment Einkauf.

Ich erwerbe einen Wetsuit und beäuge ein Surfboard. Hier möchte ich gern mein erstes Brett shoppen. Heute surfen wir am Big Bay. Es ist erneut ARSCHKALT. Am Abend sind wir zu einem Braai (südafrikanisches BBQ) eingeladen. Dafür kaufen wir selbstverständlich ein wenig ein. Rein in das rote Spaßmobil mit *Immobilizer*.
Was ist ein *Immobilizer*?

Googlet man dieses hochtechnische Wort, erhält man im englischsprachigen Raum folgende Antwort:

„The immobilizer helps to prevent the engine from being started and driven with an unauthorised vehicle key. There is a chip in the key."

Ich erwähne das jetzt, weil dieses Teil noch eine enorm wichtige Rolle in unserer Abendgestaltung spielen wird. Der schöne Eric aus unserem Camp hat uns geraten noch zu einem Pick n´Pay zu fahren und beschreibt uns auch den Weg. Eric ist so schön, dass es weh tut. Man möchte ihn bitten einfach nur weiter an seinem VW Bus zu basteln und immer „so zu bleiben". Wir machen uns aus dem Staub. Da wir schon einmal dabei sind, wollen wir noch „schnell" Geld holen. Das scheitert jedoch bereits am ersten ATM. Wir geben auf, als man zum Zählen der Fehlversuche mehr als eine Hand benötigt. „There" wäre ein „problem with your card", heisst es. Ich muss aber sagen, nicht with MY card. Das allerdings macht es auch nicht besser. Caro ohne Kreditkartenpin und EC-Karte und ich mit nichts als blöden Ratschlägen, gehen wir „einkaufen". Wir brauchen Grillzeug.

Da ich ungerechterweise kein finanzielles Problem habe, zumindest nicht aktuell, kann ich mir dumme Sprüche erlauben. Die tollen Sprüche sind mir aber– zurück im Kapstädter Linksverkehr- vergangen.

Caro merkt an, es würde stinken. Ich denke: Ja, na und? Sie merkt daraufhin an, es würde aber doch sehr stinken und es würde jetzt auch qualmen.

Da ich grundsätzlich optimistisch bin, denke ich an eine spontane Rauchentwicklung im weitesten Sinne, bis uns dann ein Autofahrer winkend darum bittet die Fensterscheibe herunterzukurbeln.

Noch sehe ich keinen Zusammenhang zwischen dem Rauch und dem Fahrer neben uns. In einem Land, in dem man besser bei Rot über die Kreuzung fährt, als abzubremsen, um sich dann zu der richtigen Ampelschaltung für zehn Euro fünfzig abknallen zu lassen- so mein HelikoptemutterReiseführer- kostet es durchaus etwas Überwindung dieser Anweisung Folge zu leisten. Als der benachbarte Verkehrsteilnehmer dann aber noch etwas hektischer fuchtelt und eher besorgt, als kriminell guckt, entschließe ich mich vorsichtig das Fenster zu senken. Ich bin mir nicht sicher, ob das nach der Erfahrung mit dem ersten Mietwagenmodell so eine gute Idee ist, behalte aber die Scheibe unter Kontrolle. Nachdem ich in guter Hörweite bin, weist mich der nette Herr freundlich darauf hin, dass unser Auto brennt. Das „Your car is burning" spricht er dabei so aus, als ob wir uns die schöne Wegbepflanzung einmal genauer ansehen sollten. Ich entschließe mich dazu, das Auto links ranzufahren. Das klingt entspannt.

Tatsächlich reiße ich das Lenkrad so herum, dass wir fast im nächsten Straßengraben landen.

Der Mann- nochmal ein Mü besorgter als eben- tut das gleiche und fordert mich auf die Motorhaube zu öffnen. Ich habe nicht viele amerikanische Actionfilme gesehen, in denen hauptsächlich Autos eine Rolle spielen, aber in denen, die ich gesehen habe, sind die Dinger nach vorheriger Rauchentwicklung eigentlich immer solide in die Luft geflogen. Ich sage also „Nein, mach ich nicht". Ob unser Helfer geseufzt oder etwas Frauenfeindliches genuschelt hat, weiß ich nicht mehr. Jedenfalls öffnet er mit einem beherzten Handgriff die Motorhaube, während ich mir die Ohren zu halte und in die Brace Position gehe.

Nichts ist. The „cludge is burning" ist.

Ich kenne ungefähr so viele fahrzeugrelevante Englischvokabeln, wie ein Dreirad Rollen hat und versuche auch gar nicht erst zu raten, was da brennt. Der freundliche Mann sagt, die Schaltung sei überhitzt und das wäre eben ein altes Auto (ach, echt?) und „wartet mal ein Momentchen, bevor ihr weiterfahrt". Der hat gut reden. „Alles Gute" und GO.

Jetzt stehen wir da mit einer brennenden Kupplung und beäugen misstrauisch das Verkehrsgeschehen um uns herum. Ich muss kurz nochmal an den Reiseführer denken. Es hilft nichts. Wir können nur abwarten.

Die Karre würde eh nicht fahren. Immerhin haben wir diesen Mietwagen jetzt ja auch schon seit fünf Stunden.

Bilanz: Wir haben es geschafft zwei Rental Cars in unter sieben Stunden zu schrotten. Gottseidank haben wir das Erkunden der Garden Route bisher nur so rein

hypothetisch in Betracht gezogen. Wie dem auch sei.
Wir kühlen ab und fahren weiter. Langsam, mit
leichtem Augenzucken. Das BBQ-Zeug shoppen wir in
einem nervösen Ausnahmezustand. Man möchte das
Auto weder anhalten noch den Motor ausmachen,
noch möchte man hektische Bewegungen machen.
Im 7/11 erhalten wir gerade noch eine Grillwurst und
zwei bis drei entspannende Kaltgetränke.
Das Nächste, was an diesem Abend brennt, ist das Holz
auf dem Grill. Wir verlieren noch eine Runde UNO
gegen die Jungs und kippen dann ins Bett.

Ich träume von dem ersten VW Werk in Wolfsburg, in
dem Eric mit freiem Oberkörper Kupplungen in den
„neuen Golf 3" einbaut...

03.04.2006, Unser Tag an der Waterfront

Mittlerweile wissen wir - und wir sind schwer
erschüttert, dass wir es erst jetzt wissen- dass Caro
auch ohne PIN, Geld mit ihrer Kreditkarte abheben
kann. Der Morgen an der Waterfront verläuft ohne
weitere Zwischenfälle und gibt uns für einen kurzen
Moment das Gefühl einen „ganz normalen Urlaub" zu
erleben. Mittags entschließen wir uns wieder am Big
Bay zu surfen. Hier kann das Auto von mir aus alle
Hufe hochreißen. Ist ja nicht weit.
Das Wasser auf der Atlantikseite ist so megaarschkalt,
dass es einem nach einem kurzen Gang ins Meer ohne
Mühe gelingt über Glasscherben zu laufen.

Ich habe das nicht probiert, merke aber auch bis zur Rückkehr zum Auto nicht, dass eine halbe Muschel in meinem Fuß steckt und kann es mir deshalb so gut vorstellen. Da das Leben wie eine Welle ist, folgt auf alle Täler auch immer ein Berg. Und dieser hier hat es in sich. Wie ich da so halberfroren vor mich hinpaddle, taucht in der Welle vor mir ein riesiges Wesen auf. Ich glaube meinen Augen nicht zu trauen und vermute zuerst einen Hai. Schnell gehe ich im Kopf sämtliche Verteidigungsmaßnahmen und Überlebensstrategien durch und tatsächlich fällt mir die bescheuertste von allen ein: „Man muss dem Hai immer auf die Nase hauen". Von Heinz Sielmann war das nicht.

In Wirklichkeit treffe ich aber gar keinen Hai, sondern einen Delphin. Das ist mein Highlight und entschädigt mich spontan für alle brennenden und zerstörten Autos dieser Reise, den verschwundenen Tafelberg und das verlorene UNO-Spiel gestern Abend. Von so viel Delphin und Erfolg beschwingt -und ich meine damit die Tatsache, dass es das Auto bis hierhergeschafft hat- fahren wir heute noch nach Muizenberg. Muizenberg kennt jeder, der schon einmal bei IKEA gewesen ist. Es ist das Bild mit den bunten Holzbadehäuschen, den Edwardian Beach Houses auf Pfählen. Verkauft sich gut und hängt in fast jedem Haushalt in dem zuvor ein „Klecks Farbe" gefehlt hat.

Die Strandpromenade ist historisch und wirklich sehr schön. Die Wellen noch besser. Obwohl ich noch nicht auf Hawaii gewesen bin- das hebe ich mir für einen ganz besonderen Moment auf- kommt mir der Waikiki-Vergleich in den Sinn. Longboardwelle, ganz

entspannt, ewig lang, lustige Menschen im Wasser,
alle eine Hawaiikette um den Hals. Dazu werden wir
von einem riesigen Regenbogen empfangen.
Die Tatsache, dass für heute alle Surfshops bereits
geschlossen sind- der eigentliche Grund unseres Trips,
war ein Einkaufsvorhaben- rückt bei diesem Anblick
vollkommen in den Hintergrund. Hier ist es einfach
schön und hier wollen wir nochmal hin.

04.04.2006 Muizenberg

Da sind wir wieder, nach noch nicht einmal 24
Stunden. Dieses Mal haben auch die Shops geöffnet
und ich bin im Handumdrehen stolze Besitzerin meines
allerersten Surfboards aus...... Deutschland.
Das erinnert mich an den deutschen Bäcker nach der
Landung. Ein 7´8er Minimalibu von NORDEN.
Auch wieder so ein Schmuckstück zum Anschauen und
Schönfinden. Es passt- wie ich feststelle- ziemlich gut
neben mein erstes Snowboard. Farbmatch.
Bevor es an der Wand hängen darf, soll es aber
erstmal ins Wasser. Zunächst fahren wir wieder zurück
zur Dolphin Road, um einfach mal zu überlegen, was
wir essen und was als nächstes passieren soll.
Wenn, ja wenn nicht mal wieder etwas Dummes
dazwischengekommen wäre, wäre auch alles ganz
schnell gegangen. Dieses Mal ist es unser
Appartement. Kaum habe ich mein neues Board dort
abgestellt und die Tür hinter mir zugezogen, geht das
verdammte Ding nicht mehr auf. Und zwar nicht mehr
auf, also gar nicht mehr. Wir rufen nach einem- trotz

Urlaub- hektischen Blick auf die Uhr (Surfer haben doch keine Zeit, der Wind, der Swell) Chris an, um ihm unser Dilemma mitzuteilen. Zum Glück bekommt auch er die Tür nicht auf. Man kennt das ja. Man frickelt und fummelt und dann kommt ein anderer macht einfach die Tür auf. Ohne Schweißperlen und Angstzustände. Man selbst steht daneben und kommt sich doof vor. Chris holt die Bohrmaschine. Ich bin froh, dass es nicht die Axt ist. Beim Handwerken referiert er, dass dies erst zum zweiten Mal in acht Jahren passiert. Na, bitte. Fünf abgebrochene Bohrer und eine halbe Stunde später stehen wir wieder im Appartement. Das Surfboard hat sich inzwischen abgetrocknet und vor den Fernseher gesetzt. Wir beschließen auf gar nichts mehr zu warten und düsen ungebremst los nach Muizenberg.

Uns belohnt der bisher beste Surftag des gesamten Urlaubes. Das neue Board, der wunderschöne Strand, das hier in der False Bay deutlich wärmere Wasser, die – inzwischen ist es Abend- Abendstimmung und schlussendlich all die wahnsinnig netten Menschen. Eh ich mich versehe, paddelt ein Südafrikaner neben mir. Er schwingt sich auf sein Longboard und lässt mich nach einer unfassbaren Performance mit offenem Mund zurück. Wow. Warum weiß ich fünf Minuten später. Er ist South African Junior Champ im Longboarden und coacht uns in ein paar richtig gute Wellen. Ich grinse sehr und steuere unser Schrottmobil nach Hause, als sei es der 1969er Ford Mustang, den ich hoffentlich eines Tages besitzen werde.

05.04./06.04.2006 Bloubergstrand

Wenn wir nicht gerade mit irgendwelchen
Schrottkarren in der Gegend herumfahren, sind wir
eigentlich immer am Bloubergstrand vor unserer Tür.
Man möchte aber eigentlich auch nicht mit
irgendwelchen Schrottkarren weiterfahren, als bis
eben vor diese Tür. Und so hängen wir jeden Tag im
eiskalten Atlantikwasser ab. Jetzt auch noch mit
nagelneuem Surfboard. Unter dem Wetsuit frieren wir,
weiter oben haben wir einen Sonnenbrand.
Wir genießen die schöne Umgebung und ich mein
neues Board. Caro hat sich noch nicht entschieden und
den Kauf noch etwas nach hinten vertagt.
Auf den **07.04.2006**, um genau zu sein.

Nach einem weiteren Vormittag im arschkalten
Wasser an unserem Homebeach, fahren wir nach
Kapstadt Downtown, um danach mit neuem Board
wieder mal in Muizenberg zu landen. Kapstadt ist eine
faszinierende Stadt. Britischer Kolonialstil trifft auf Art
Déco. Ich bin gleich verliebt. Übermütig von so viel
Schönheit, möchte ich überall parken, rumlaufen,
stöbern. Leider gilt auch hier das Prinzip des
„Überfahren Sie die rote Ampel." Kein Parken in
Nebenstraßen, kein Laufen durch Gassen.
Ich finde es anstrengend am helllichten Tag
Gespenster sehen zu müssen. Parken tue ich trotzdem
direkt an der Hauptstraße. Unser Einkauf dauert lange.
Warum genau weiß ich nicht mehr.

Auf einem Urlaubsfoto trage ich eine Sonnenbrille und ein Typ steht neben mir. Nach einer gefühlten Ewigkeit treffen wir wieder in Muizenberg ein.

Diesmal haben wir jede ein neues Board.

Da ich in der Fahrschule mal das Wort „defensiv" gelernt habe, beschließe ich heute defensiv, aber auch definitiv meine Sachen am Strand zu verstecken.

Ich komme mir wahnsinnig schlau vor, als ich meine EC-Karte im Sand einbuddle und die Sachen mit den alten Klamotten auf eben diesen „Wertsachen" drapiere. Als wir aus dem Wasser kommen, ist der Stapel weg. Wir wandern ein wenig auf und ab, weil möglicherweise surfverwirrt oder abgetrieben.

Aber nach einer etwas längeren Suche müssen wir feststellen, dass wir hier und heute nichts mehr finden werden, denn wir sind bestohlen worden.

Jetzt mal ehrlich, Hand aufs Herz. Wen wunderts? Muizenburg ist zwar ein Surfmekka und ein Haiparadies (dazu später mehr), aber es liegt eben auch in einer eher einkommensschwachen und touristischen Gegend. Wie verführerisch sind da zwei Taschen ohne Besitzer/Innen am Strand?

Ich fühle mich nun auch nicht mehr ganz so clever, denn wo kein Stapel, da auch kein Anhaltspunkt.

Wo zur Hölle ist jetzt diese scheiß EC- Karte? Leider kann ich mich nur bruchstückhaft an die Location erinnern und ein GPS habe ich auch nicht mit vergraben. Und so suchen zwei durchnässte Menschen im Wetsuit nach ihrem Plastikgeld. Nach einer Weile und mit einer Menge mehr Glück als Verstand, finden wir die Karte. Spontan kommt mir in den Sinn, dass wir jetzt zwar eine EC-Karte haben, aber ansonsten erstens nass und zweitens nackig und drittens ohne Autoschlüssel sind. Viertens bemerke ich, dass auf dem Schlüsselanhänger das Kennzeichen des Autos auf gekritzelt ist. Wenn schon Glück, dann richtig. Und jetzt geht's los.

Wir – keine wirkliche Wahl habend- parken die Boards bei zwei Mädels, die uns für den Moment vertrauenswürdig erscheinen und rennen klatschnass und barfuß durch Muizenberg. Kennt Ihr Coyote und Roadrunner? Genauso ist das. Der eine bekommt den anderen nicht. Egal wie viele Sprengladungen der Firma ACME er vor dem Vieh hochjagt, der Vogel kommt immer davon. Wir landen in 3,2 Millimeter Neopren (2006= dickes, steifes Material trifft auf miese Nähte) auf der Polizeiwache von Muizenberg. In der Zwischenzeit sind zwar die Haare trocken, ich hätte aber dennoch gern einen Schlüpper, um mal aus diesem warmnassen Wetsuit zu kommen, der inzwischen auch nicht mehr so ganz frisch riecht. Auf der Wache treffen wir While E. Coyote und erhalten tatsächlich eine unserer Taschen zurück. Der Coyote ist ziemlich zugedröhnt und hält eine Machete in der Hand. Kein Witz. Festgehalten wird er von Spike aus den Tom & Jerry Comics. In der Tasche befindet sich unser Autoschlüssel, Caros Marken-klamotten und weiter nichts. In der Tasche befindet sich NICHT mein Billig-T-Shirt, mein Buch über Gebärdensprache, meine Aufzeichnungen...hier ist die Story zu dem Diebstahl..., mein BH, oder unser Appartementschlüssel. Ich verstehe den „Raub" nicht und versuche als Calleigh Duquesne für CSI Kapstadt ein ausgefeiltes Täterprofil zu erstellen, verwerfe den

Gedanken aber schnell wieder. Halbnackt fahren wir nach Hause. Zuvor bitte ich Caro links ranzufahren. In den Bergen regnet es und das Licht ist nicht rot und nicht braun und nicht orange. Es ist magisch.
Auf dem Rückweg fällt das Gaspedal ab.

Am **08.04.2006** entschließen wir uns erneut nach Muizenburg zu fahren.

Man soll alle schlechten Erlebnisse mit guten Erfahrungen beenden und ich will Muizenberg in guter Erinnerung behalten. Ich gebe zu, es ist immer ein Thrill, mit dem Mietwagen von A nach B zu fahren. Vor allem, wenn sich B nicht direkt neben A befindet und wir ab jetzt auch noch ohne Gaspedal unterwegs sind. Heute machen wir Bekanntschaft mit einem weiteren Gimmick aus unserem Mietwagen- dem Immobilizer. Siehe Seite 63. Aus der Erfahrung von gestern wissen wir, dass wir nichts mitnehmen außer uns selbst und den Mietwagenschlüssel besser direkt am oder im Körper tragen. Zu letzterem kann ich mich nicht überwinden, also stecke ich das Teil in das kleine, dafür vorgesehene Täschchen an der Innenseite meines Neoprenanzuges. Heute geht alles gut.
Mit strubbeligen Haaren gehen wir selbstzufrieden zum Auto zurück, wo wir unsere Markenklamotten - alles andere wird ja gestohlen- überziehen und uns siegessicher auf unseren Plätzen niederlassen.
Schade nur, dass heute mal das Auto nicht anspringen will. Langsam wird es dunkler und der Parkplatz ist nun auch ziemlich verlassen. Man kann in solchen Situationen und an brenzligen Orten nur folgendes

machen. Man stellt sich entweder tot, ist tot, oder man sucht sich Hilfe. Da wir beide sehr soziale Wesen mit einem enormen Lebenswillen sind, entschließen wir uns letzteres zu tun. Wir klopfen an die Tür eines bereits geschlossenen Geschäftes und werden sehr freundlich reingebeten. Das Deep Blue ist eine Mischung aus nostalgischer Kneipe, Surfshop und Aufenthaltsraum. Während ich mit der Miet-wagenfirma telefoniere, albern wir mit den Barleuten herum und erhalten am Ende noch jede ein Getränk dazu. Selbstverständlich schießen wir auch noch einige sinnfreie Bilder mit alten Surfboards und noch älteren Herren. Nach dem Telefonat weiß ich, dass das Model Golf 2 über einen *Immobilizer* verfügt, den wir soeben versenkt haben.

Wird der Schlüssel nass, kann man das Fahrzeug nicht mehr starten. Niemals hätte ich so etwas Modernes in Zusammenhang mit einem Golf 2 vermutet.

Aufgrund der Tatsache, dass der nette Herr von der Mietwagenfirma nun einmal quer durch Kapstadt fahren muss, um uns einen neuen Schlüssel auszuhändigen, beschließe ich ein weiteres Geheimnis zu hüten. Es hängt unmittelbar mit dem Gaspedal zusammen und muss heute nun wirklich nicht auch noch erwähnt werden. Wir werden in dem Glauben gelassen, dass die Zweitschlüsselbeschaffung zum Service gehört. In Berlin werde ich feststellen, dass dieser Service nicht umsonst war und meine Kreditkarte um 250€ erleichtert hat.

Am Abend bemerke ich, dass ich mir heute irgendwo einen von zehn Zehen umgeknickt habe und diesen nicht mehr benutzen kann. Da wir vorerst nicht mehr surfen, es weitere neun Zehen gibt und der Urlaub auch schon wieder vorbei ist, spielt das aber keine Rolle.

09.04.2006 17:45 oder auch später

Tine & Caro on bord, aber wahrscheinlich ohne Board. Downgrade in die Economy Class, aber mittendrin, statt nur dabei. Hoffe das Brett auch und gerne auch ganz, also am Stück. Die Stewardess unkt gerade, dass es in Deutschland schneien soll. Na toll! Flugmodus an und zu Ende geschrieben habe ich auch.

KAPITEL 5

24.02.2007 07:11, Boardingarea Berlin Tegel.

Das Überich hat gewonnen. Neben mir stehen ein Rucksack, den ich demütigenderweise beim Securitycheck komplett entleeren musste, mein Laptop, eine weitere Tasche und ich selbst.
Es ist früh, mein Kopf noch im Bett und mein Herz bei den Menschen, die ich heute Morgen zurückgelassen habe. Jetzt bin ich ein bisschen glasäug- und rotnasig. Fünf Monate Vorbereitungszeit für diesen Moment, viel Vorfreude und dann das: Ich sitze wie ein Wesen vom anderen Stern zwischen vorerfreuten Urlaubern und putze mir die Nase, während ich hinter meiner Sonnenbrille heimlich ein bisschen heule.
Fast glaube ich, ich bin traurig, weil man traurig sein muss, wenn man als europäischer Bürger über seinen Kontinent reist. Für die einen ist der Flug heute der Beginn eines Urlaubes, für mich ist es ein Umzug. Eine Bustour von Berlin nach Niedersachsen dauert vier-ein halb Stunden. Die einen fahren in den Harz, ich fliege ans Meer. Gleicher Zeitaufwand, anderes Ziel. Nun sitze ich also inmitten von Menschen, die das Gleiche vorhaben, nur etwas weniger lange am heutigen Zielort des Condor Fluges mit der Nummer DE- Zahl-vergessen verweilen. Zum ersten Mal seit langem fliege ich festgebucht und nicht mehr als Mitarbeiterin der Fluggesellschaft, der ich noch bis vor kurzem angehört habe. Ich freue mich, meine Freundin Caro auf Fuerteventura wiederzusehen.

Sie hat spontan beschlossen ihren Urlaub auf die Zeit zu verlegen, in der ich in meinem neuen Zuhause ankomme. Es fühlt sich gut an, einen vertrauten Menschen in den ersten Tagen an seiner Seite zu wissen. Mein Gepäck- am Vorabend bereits eingecheckt- wiegt eine verdammte Tonne. Zum heutigen Zeitpunkt kann man bei Condor noch mit zwanzig Kilogramm Gepäck, Boardbag UND Tauchgepäck reisen. Man hat an die multiple Sportlerpersönlichkeit gedacht. Der Koffer ist das eine. Im Boardbag befindet sich alles, was man um ein Brett stopfen kann.

Mein „Tauchgepäck" besteht hauptsächlich aus nicht schwimmfähigen Aktenordnern, Fotos, Schuhen und Büchern. Ganz zuoberst habe ich -inhaltsverschleiernd-ein paar Flossen und eine alte Taucherbrille mit Schnorchel drapiert. Der Trick ist so simpel wie blöde und wird heute zum Glück nicht weiterverfolgt.

Nur wenige Millimeter unter der Taucherbrille findet sich der Beweis für einen kriminellen Verstoß gegen die Gepäckrichtlinien. Mit dem Betrug und der angemeldeten Menge Gepäck, komme ich auf etwa achtzig Kilogramm Gesamtgewicht zum Preis von fünfundzwanzig Euro Übergepäck. Das sind noch Zeiten! Dafür bin ich heute früh annähernd unsichtbar in die Boardingarea gehuscht. Durchaus ein Vorteil bei einem Handgepäck, welches seinen Namen kaum verdient. Es ist eher ein Schulter- Rücken-Ganzkörpergepäck. Mit einem Blick in die Runde checke ich die anderen Passagiere: Rentner und Kinder Die Hälfte der Anwesenden ist ähnlich unglücklich wie ich, so scheint es. Nun gut, falle ich weniger auf.

Bei früheren Flügen- damals noch arg flugangstbelastet- habe ich mich immer gefragt, ob das Schicksal es tatsächlich zulassen würde, den Mitreisenden aus meiner Maschine ein jähes Ende zu bereiten. Ich bin zu dem Schluss gekommen, dass ein NEIN auf nur einen einzigen Passagier aus der Maschine zutreffen muss, dann ist alles gut.

Das sehe ich auch heute noch so.

Welches Kriterium für ein NEIN reicht, ist dabei der Willkür meiner Fantasie überlassen und daher wahrscheinlich eine Mischung aus dem Wunsch heil anzukommen und der trotzigen Selektion einer Vorstellung, die ich humanerweise, nicht haben sollte. Tines Triage. Heute bin ich mit anderen Dingen beschäftigt. Zum Beispiel mit Naseputzen und nicht verheult aussehen. Platz 27c. Gangplatz in Toilettennähe. Zu meinem Leidwesen schlage ich mich seit gestern mit einer Höllenblasenentzündung herum. Damit es mein eigenes Leidwesen bleibt, habe ich auf einen unattraktiven Gangplatz bei den Waschräumen bestanden. Ärgerlich, wenn man bedenkt, dass ich die verdammte Nummer Drei beim Check-In und damit die Queen der Platzwahl gewesen bin. Nichts für ungut. Nun sitze ich neben Ehepaar „Wir-sind-immer-schlecht-drauf-auch-im-Urlaub" und habe bei dem Satz „Guten Morgen" schon das Gefühl, als hätte ich „Na, Ihr, Saftsäcke" geprollt. Kurz nach dem Start erfreue ich mich bereits zum zweiten Mal an meinem vorteilhaften Sitzplatz. Auch schon egal, nachdem ich ewig verheult aussehe und auch so in einem reichlich desolaten Zustand daherkomme, darf es mir nichts ausmachen, was hier irgendwer in den einunddreißig

Reihen dieses Airbus 320 von mir denkt. Das tut es aber so oder so nicht. Die Sonne scheint und wärmt für einen Moment der geflogenen Kurve meinen linken Arm. Ich schaffe es nur bedingt mich darüber zu freuen Meine Laune nervt mich. Die unangenehme – aber gut securitygecheckte- immerhin! - Menge Handgepäck tut ihr übriges. Ich glaube zu wissen, dass ich mir damit heute Morgen keine Freunde gemacht habe. Neid. Alle, die weniger Gepäck mitgenommen, sich aber gern mehr getraut hätten, finden mich jetzt doof und alles ist ungerecht. Meine Beine falten sich in einem unnatürlichem WINKEL um Laptop und Bücher und was ich sonst noch so alles übergepäckvertuschend in den Fußraum geworfen habe. Das kleine Flugzeug des Boardmonitors fliegt gerade auf Bordeaux zu. Ausgeschlossen, dass ich es bis zum Zielort aushalte, ohne noch mindestens dreimal auf die Toilette zu gehen. Zu schade, dass ich nicht am Fenster sitze. Ich hätte gern einen Blick in die Wolken gewagt. Hinter mir liegt ein feudales Mahl aus heißem Omelett, kaltem Brötchen und eiskaltem Wasser. Letzteres habe ich mit dem Hinweis auf mein gesundheitliches Leiden gleich dreimal bestellt und damit den gefühlten zweihundertsten abschätzigen Seitenblick meiner Sitznachbarn kassiert. Mit einem Anflug von Besorgtheit registriere ich das erhöhte Verkehrsaufkommen zu MEINER Toilette. Gleichzeitig mache ich eine interessante Entdeckung. Nach nur eineinhalb Stunden Flug kräuselt sich die Haut auf meinen Händen bereits wie kochendes Wasser im Topf. Dieses auf einen acht Stundentag hochgerechnet würde eine sofortige Notbalsamierung

meinerseits erfordern. Ich unterziehe die Flugbegleiter einem Skin- Check. Glatt wie ein Kinderpopo.
Die beiden in meinem Teil der Maschine eingesetzten Exemplare machen den Eindruck, als arbeiten sie in einer gutklimatisierten Biosphäre. Vielleicht sind's Aliens. Faltenfreie Spezies aus einer anderen Galaxie. Möglicherweise bin ich deswegen trotz mehrfacher Bemühungen nie in den Olymp des fliegenden Personals aufgestiegen. Ich denke, ich werde mal für eine Weile die Augen schließen. Vielleicht überschlafe ich so eine von den noch vor mir liegenden Toilettengängen? Es ist 11:45- glaube ich (Uhr meiner Sitznachbarin- verkehrtherum gelesen) Der laufende Film ist bescheuert. Mir ist langweilig. Zusammen mit den ca. zweihundert anderen Passagieren, schaue ich mir das gerade laufenden Hollywoodmärchen „NICHT" an. Ich glaube hier macht jeder etwas anderes.
Was die vorderen Reihen gerade so treiben, weiß ich von meinem letzten Besuch in den Waschräumen und das Ehepaar „Berliner Laune" von links neben mir ist noch immer in Berlin... zumindest der Laune und der Lektüre nach zu urteilen. Sie lesen die BZ- Berliner Zeitung und unterbrechen sich regelmäßig gegenseitig, indem sie sich die Nachrichten vorlesen, denen garantiert nichts Positives abzugewinnen ist.
Die Tabletten haben meine Blasenentzündung ausgetrocknet, meine Tränen auch. Mist- Anschnallzeichen- Freiheit Adé. Ich höre mir den Film an. Ein Fehler: „Ohhhuuuppps, oneinoneinonein. Mach dir darüber keinen Gedanken. Verrückt. Ohjaneinstrange" (Originalauszug aus der 72 Minute).

Die Hauptdarstellerin stresst alle mit der vorhersehbaren Problematik, dass sie- eben noch von Glück gesegnet- nun nach einem Kuss mit ihrem männlichen Schauspielkollegen vom Pech verfolgt durch ihr tristes, amerikanisches Plastikleben jagt. Man bekommt Herzrasen vor lauter Angst, sie könnte sich dabei zu Tode langweilen. Natürlich hat ihr männliches Pendant seit dem Kuss das Glück auf seiner Seite und stresst das Publikum ebenfalls, dafür aber mit einem perfekten Superduperalltag.

Alles in allem stressen die beiden aber sich selbst und aneinander vorbei. Zeit für Runde vier in Richtung „Badezimmer" Ich habe ein bisschen Angst, dass ich das nicht überlebe, da die Anschnallzeichen noch immer nicht erloschen sind und ich schon einmal während einer Turbulenz fast in die Toilettenschüssel eingesaugt worden wäre. Zumindest hat es sich so angefühlt. Habt ihr auch so eine Panik vor dem Spülgeräusch in Flugzeugtoiletten? Ich ducke mich jedes Mal. Oder noch besser: Spüle erst, wenn meine Ohren schon wieder durch die Tür sind.

Noch gefährlicher und ein echtes Grauen meiner Kindheit: Zugtoiletten. Wenn man da falsch sitzt, sitzt man auf den Gleisen- so meine illustre Vorstellung mit fünf Jahren. Unter dem Einfluss von Adrenalin und ganz sicher auch ein bisschen in Lebensgefahr gehe ich auf die Toilette. Thrill. Wie viele Leute sich wohl noch hier im Flugzeug befinden, die erst mal nicht mehr zurückfliegen? Wenn ich mich so umsehe, wohl nicht allzu viele. Es sei denn der ein oder andere setzt seine Kinder auf der Insel aus. Wird Zeit, dass wir landen und

ich meinen achtzig KIlogramm Gepäck „Hello again"
sagen kann.

12:43, Ortszeit Berlin: 13:43. Zeitverschiebung.
Eine Stunde reingeholt

Flughafen Fuerteventura, an eine steinerne Wand
gelehnt betrachte ich das Geschehen und warte auf
meine Freundin Caro, deren Koffer leider nicht mit ihr
angekommen sind. Das Wichtigste ist jedoch da: Ihr
Surfboard. Und da wir Mädels ja immer viel zu viel
einpacken und demnach noch eine große Menge der
nicht in Koffer passenden Klamotten als Schutz um das
Board stopfen können, was so oder so dringend
notwendig ist, verfügt Caro über einen zumindest
guten Grundstock an Bekleidung. Anders als ich, kann
sie mit dem Ensemble ihrer Boardumwickelklamotten
tatsächlich etwas anfangen. In meinem Fall und in
dieser Situation hätte ich jetzt zwei Gardinen, einen
Schlafsack, zwei Kissenbezüge, ein Handtuch, ein Top,
eine kurze Hose und eben die zwei Surfboards.
Darüber sinnierend stehe ich nun hier, im Rücken die
kalte Mauer, vor mir Menschen mit Pappschildern von
Reiseveranstaltern, die nach ihren Gästen suchen.
Ich dachte, die Typen mit den eben diesen
Pappschildern, die am Flughafen auf desorientierte
Urlauber warten sind in der Zwischenzeit ausgestorben
oder in den TV-Serien der 80er verloren gegangen.
Weit und breit keine Caro in Sicht. In der Zwischenzeit
habe ich mich davon überzeugt, dass das die letzte
Reise ohne Rollen unter dem Boardbag gewesen sein

wird. Was für ein sperriges Abmühen. Ich schleppe ein Minimalibu 7'8 (gefühltes Longboard) und eine Fehlkauf-6'9er Epoxy Ultraleicht GUN mit mir herum. Letztere wirkt sich aber leider nicht positiv auf das Gesamtgewicht aus. Die GUN ist mein Einsatz für ein anderes Board, in das ich sie unbedingt eintauschen muss, also in diesem Fall Geld. Wie wenig das sein wird, ist mir bisher noch unklar. Wäre es das gewesen – also mir klar- hätte ich das Teil nirgendwo mehr hingeschleppt. Nachdem ich Toilettengang fünf auf die Ankunftshalle verlegt habe, was mir im Flugzeug einiges an Konzentration abverlangt hat, stehe ich nun entleert und bekoffert mit eben diesem Vorsprung……rum... Ein Funken Optimismus lässt Caro gleich hier durchs Bild laufen- idealerweise MIT Koffer, ansonsten muss ich mit dem schweren Geraffel allein die Mietwagenfirma suchen, was in etwa so viel Spaß macht, wie eine Bergbesteigung mit Gegenwind und Metallkugel am Bein. In der Zwischenzeit lerne ich ein wenig Spanisch. Das geht mittels der Beschallung in den Waschräumen, der Werbung und den SuchenFindenDurchsagen der Flughafensprecherin, die ganz nebenbei auch noch Deutsch und Englisch dazu übersetzt. Ich bin müde, denke an meine Familie & meine Freunde in Deutschland und den Regen in Berlin. Die aufgehende Schiebetür schiebt eine Wand warme Luft in die Halle. Wieder einmal bemerke ich, dass alles seine Vor- und Nachteile hat.

25.02.2007 10:12

Während Caro und Andrea rauspaddeln, sitze ich bei 25° mit Gesundheitsmiederersatz -schwarze Fließjacke- um die Nieren am Strand. Es kribbelt mir in den Fingern, mich selbst auf das Board zu legen und einer schönen, kleinen Welle entgegenzupaddeln. Ich möchte in diesem Moment nur eins: Surfen. Allerdings könnte der vorangegangene Satz auch lauten: Während die übrigen Menschen aus meinem Leben im trüben Berlin sitzen und dem Regen auf dem Fensterbrett lauschen, sitze ich bei 25° an einem hellen, kanarischen Sandstrand und schaue glücklichen Menschen unter dem Aspekt maximaler Sonnen-einstrahlung beim Surfen zu. Mein Leben hat sich in eine positive Steilkurve gelegt. Ich kann also nicht sagen, dass ich sonderlich betrübt bin. Als wir gestern angekommen sind, hatte ich wohl so etwas, wie eine dissoziative Indentitätsstörung. Mal war ich Tine, dann wieder nicht, mal in Berlin, mal hier. Meine Stimmung schwankte unrhythmisch zwischen „megagutgelaunt, erleichtert, ungläubig, desorientiert und sentimental". Prozentual würde ich der Desorientierung den Zuschlag geben. Ich bin so durch den Wind gewesen, dass ich unseren Mietwagen um seine Kofferraumabdeckung gebracht habe. Diese macht es sich jetzt auf Parkplatz 7 von AVIS in der Sonne gemütlich und wartet vergeblich auf das dazugehörige Auto. Das wird nicht ganz billig. Außer ich schaffe es noch irgendwem eine zu klauen, bevor Caro das Auto wieder am Flughafen abgeben muss. Sehr desolat, saß ich dann auch beim anschließenden Mittagshäppchen mit Caro und Andrea in der Bar meines zukünftigen Arbeitgebers. Andrea lebt schon einige Zeit auf der Insel und war meine wohl größte Hilfe auf dem Weg ans Meer. Ich habe mal so gar nichts von dem Gespräch der beiden verfolgen können.

Ihre Worte summten in mein Ohr, beschleunigten und traten ohne große Umwege oder Auswertungen aus meinem anderen Ohr wieder hinaus. Diese Schneise der Verwüstung mit einer größtmögliche Nutzen-Schaden Spanne zu verlassen, war geradezu unmöglich. Ich stand neben mir und da blieb ich auch erst einmal stehen. Ein bisschen wackerer wurde ich dann wieder, als ich in meinem neuen Zuhause eintraf. Einem kleinen Häuschen in den Hügeln von Fuerteventuras Süden. Ein wenig abseits von der Straße, charmant in die Vulkanfelsen gebettet, traf ich zum ersten Mal auf Maria und ihren Mann Paco. Maria ist schon etwas betagter. Vielleicht wirkt sie aber auch nur so, weil sie den ganzen Tag in einem von diesen alle-Omas-auf-der-Welt-tragen-diesen-Kittel-Omakitteln rumschlappt. Schnitt und Design stehen dabei immer im krassen Gegensatz zum wirklichen Alter ihrer Trägerinnen. Maria ist sehr freundlich, außer sie schimpft mit einer ihrer- ich glaube es sind fünf???? Katzen, sechs??? Hunde und????? Ziegen. Pacos Alter lässt sich schwer schätzen, da ohne Kittel. Er macht aber auf mich den deutlich entspannteren Eindruck, da er mit niemandem schimpft und meistens eine einhornweiße, plüschige Katze streichelt, die so gar nicht hierher passen will. Er ist Inhaber seiner eigenen Bar, auf die er -so mein Eindruck- sehr stolz ist und die er laut Schild über dem Eingang als

„landestypisch" bezeichnet. Mich erinnert das Etablissement ein bisschen ans Titti Twister aus „From Dusk till Dawn. Ich bin ziemlich sicher, dass Tarantino hier kurz Halt gemacht hätte. Vermutlich hätte er auch Paco und Maria und den Rest des Dorfes gecastet. Und es würde mich auch nicht wundern, wenn hier nach Mitternacht Vampire auf den Tischen tanzen. Vervollständigt wird der erste Eindruck von einem Sammelsurium vor sich hin alternder Gegenstände: Einer antiken Kaffeemaschine, zwei Spielautomaten aus den 80ern, mehreren verblichenen Plastikstühlen mit Werbeaufdruck einer Biermarke vom Festland, einer etwas schmierigen Tapas Vitrine, noch mehr Plastik, viel Kitsch und einem staubigem Fernsehraum. Diese Bar als „typisch" – für was auch immer- zu bezeichnen, führt zu weit. Man muss einfach zu lange überlegen, für was sie typisch sein könnte. Am ehesten bringe ich ein abgeranztes Motel- indem viele dubiose Dinge in Verbindung mit vielen dubiosen Typen passieren- mit dem Arbeitsplatz meines zukünftigen Vermieters in Verbindung. Neben meiner diffusen Verfassung befinde ich mich nun auch noch im TV-Mexico der 70er Jahre. ----Arriba----

Mein Häuschen steht ein wenig unterhalb der Bar. Es ist aus Stein, hat einen gelben, bröckeligen Anstrich und eine eben erst bedachte, aber recht ausladende Terrasse, wenn man Berliner Mietwohnungs-Balkone mit Hinterhofcharme gewöhnt ist, ein Zimmer, ein kleines Bad und einen Wandschrank. Luxuriöser Weise zudem eine Ausziehcouch und ein eineinhalb Personen großes Bett, sowie eine vor sich hingammelnde Waschmaschine. Der Fernseher ist nur Deko und füllt den Platz auf dem Kühlschrank, den ich gut für andere Zwecke oder Gegenstände gebrauchen könnte.

Unter der Decke befinden sich kleine, mittelhübsche Stuckverzierungen, die einen sehr glücklich machen können, wenn man denn auf kleine mittelhübsche Stuckverzierungen steht. Der Boden ist- typisch für alle Häuser und Hütten auf der Insel- gekachelt.

Alles für den fast ständigen Sommer gebaut. Praktisch, gekachelt und ansonsten undicht. Da aber eben nur „fast ständig" Sommer ist, kriecht im kanarischen Winter die Kälte und Feuchtigkeit ins Gemäuer. Und so kommt es, dass an verschiedenen Stellen der Wand die Farbe eher grün, als gelb ist. Für mich spielt das jetzt aber erstmal keine Rolle, denn das Häuschen hat vor allem eins: Den wohl schönsten Ausblick meines bisherigen Lebens. Der Ozean erstreckt sich wie ein überdimensionaler Infinity Pool vor meinen Augen und die sandigen Haufen, die dazwischen geflext sind, bilden einen netten Kontrast zu dem fast unerträglichen BLAU. Noch bevor mir Maria die anderen Unterkünfte zeigen kann, weiß ich, dass ich genau hierbleiben möchte. Zwischen nasser Wand und Deko TV, unbrauchbarer Waschmaschine und Megaterrasse. Vor meiner Tür liegt das Meer, hinter meinem Häuschen ragen bizarre Vulkanfelsen in den blauen Himmel. Kein Geld der Welt tausche ich gegen diese alte Hütte ein. Ich bin zu Hause.

Vorläufig wieder einmal angekommen.

26.02.2007, am Abend, am Ende

Es liegt ein langer Tag hinter mir, den ich dank Caro und etwas Geduld und Spucke sowie dem obligatorischen Quäntchen Glück hinter mich gebracht habe. An dieser Stelle kommt ein Abschnitt des Buches, von dem man nie so genau weiß, ob man ihn erwähnen sollte. Ich habe mir jedoch fest vorgenommen, immer auch etwas informativ zu bleiben, für den Fall, dass sich jemand informiert fühlen möchte oder vielleicht gern selbst mal genau hier landet.
IN EINER BEHÖRDE AUF FUERTEVENTURA
Wer immer in Spanien ankommt, was immer sie oder er auch machen will, wer hier mal zum Doktor muss, ein bisschen Arbeit anstrebt, ein Häuschen kauft...Jede/r muss die sogenannte N.I.E Nummer beantragen. Die N.I.E Nummer (Numero Identidad Extranjero) ist so etwas wie ein Pass für Ausländer. Passenderweise ist sie auch noch grün, also könnte man sie auch Green Card nennen. Damit ist das Ding fürs erste für alle verständlich beschrieben. Und genau diese Nummer auf grünem Grund benötige ich.
Aus diesem Grund sitze ich heute früh beim Meldeamt. Es versteht sich von selbst, dass ich nicht allein hier sitze. Das Publikum sortiert sich in etwa so, wie bei Aldi an der Kasse. Jeder neben jedem und alle wollen das eine. In diesem Fall besagte N.I.E. Nummer, ohne die man wie ebenfalls bereits erwähnt hier ein N.I.E.mand ist. Aufgrund von Andreas' Prophezeiungen, bezüglich der Wartezeiten und unserer verspäteten Ankunft in der Inselhauptstadt

Puerto del Rosario (im Folgenden Puerto genannt), bin ich zwar optimistisch, jedoch ohne Illusion an die Sache herangegangen. Was soll ich sagen? Jeder weiß, wie lange und unkomfortabel ein deutscher Behördengang ist. Meine erster kanarischer gestaltete sich wie folgt: Raum voller Menschen, an der Wand eine Nummernziehautomat, Nummern zum Ziehen des Weiterlaufs: aufgebraucht, kaputt, sinnlos, eine Attrappe? Die Nummer an der Wand läuft trotzdem weiter, trägt aber nichts zur Entspannung oder Ordnung der Situation bei. Deswegen stehen alle Personen aus dem vollen Raum ungeordnet um die drei Tische der nicht annähernd überforderten Mitarbeiter der Behörde und warten in welcher Reihenfolge auch immer auf die Gnade an die Reihe zu kommen. Wonach es hier geht, ist heute nicht auszumachen. Dass kein logisches Prinzip der Reihenfolge zugrunde liegt, weiß ist, als wir den Raum- zu diesem Zeitpunkt als letzte- betreten. Wir kommen rein, wir schauen suchend, wir stehen in der Reihe, wir werden aus der Reihe gefischt, wir sind raus aus der Reihe, wir sitzen vor unserem Sachbearbeiter, einem Beamten der Policia Nacional.

Meldeangelegenheiten werden hier auf dem Polizeiamt erledigt. Wir plaudern ein bisschen, wir reichen alle Dokumente über den Tresen und zack: In nur fünfzehn Minuten habe ich meinen Stempel, die Information, dass die Nummer in fünfundvierzig Tagen zugeschickt wird und die Gewissheit, dass nichts so ist wie es scheint. Ich frage mich, was aus den anderen Wartenden geworden ist, die wahrscheinlich noch

immer außerhalb der NICHT Reihe stehen und OHNE
Nummer auf ihren großen Moment warten
Ich habe den Tag mit dem Einkauf diverser
Haushaltsdevotionalien beschlossen. Mein Häuschen
und sein Inhalt erstrahlen nun in Pink, Türkis und Gelb.
Das soll von der alten Waschmaschine und der
Fernsehatrappe ablenken und allen künftigen
Besuchern das Gefühl von Frische vermitteln.
Gern bediene ich auch weiterhin jedes Surf Klischee
und stelle meine Boards auffällig in die beiden einzigen
Ecken, die mir dafür vorherbestimmt erscheinen.
Das 7´8er Board streift dabei bedenklich die
Zimmerdecke.

27.02.2007 11:45

In ein Handtuch gewickelt, am Strand, noch immer
keinen Meter gepaddelt oder gesurft.
Nach einem Frühstück auf der Terrasse mit der Sonne
im Auge und der Brandung im Ohr, sitze ich in eine von
Marias alten Handtüchern eingewickelt am Strand von
La Pared. Das auflaufende Wasser und der starke Swell
sorgen für wenig günstige Bedingungen.
Der Wind ist kühl und kommt nach wie vor und seit
unserer Ankunft aus Nord Ost. Dummerweise haben
wir keine Swellkarte studiert, sind also Surfers Frust
auf gut Glück los.
Ich muss dazu sagen, dass mir Swellkarten oft ein
Rätsel sind, zumindest die, die ich bisher gesehen
habe. Dass der Wind eine andere Rolle als die Dünung

spielen kann, es aber selten tut, habe ich bereits begriffen und auch das marea alta (Flut) und marea baja (Ebbe) einen großen Einfluss auf die Wellen und ihre Surfbarkeit haben. Wie das alles meteorologisch zusammenhängt, muss ich noch einmal genau nachlesen. Und dass dies verdammt wichtig ist, merkt man spätestens dann, wen man an einem Strand steht, wo sich nichts, oder aber auch das genau Falsche abspielt. Das kostet Kilometer und Nerven.

Gottseidank gibt es gute Karten im Internet. Satellitenbilder und Seiten, die genaue Auskunft über Wellen- und Windstärken geben.

Das haben wir nun davon.

Im Sand liegen Überreste von einigen verendeten, sehr blauen Quallen (fast leuchtend).

Wer mit Heinz Sielmanns „Expeditionen ins Tierreich" groß geworden ist, weiß, dass so ziemlich alles, was in der Natur bunt leuchtet oder sich aufpuscheln kann, giftig ist.

Ich zitiere:

„Bei der portugiesischen Galeere handelt es sich um eine sogenannte Seeblase (Physalia), die ihre blaue „Hülle", als Fortbewegungsmittel in Form eines Segels nutzt. Das Tier selbst ist eine Polyenkolonie, auch wenn sie wie eine Qualle aussieht. Bei auflandigen Winden kommt es daher häufiger vor, dass man diese Meeresbewohner in Ufernähe zu Gesicht bekommt. Ihre Tentakel können bis zu 60 Meter lang sein und starke Verbrennungen, sowie Lähmungserscheinungen, Herzstillstand und Atemnot auslösen."

Gut, dass ich zu den Menschen gehöre, die alle Nebenwirkungen eines Beipackzettels bekommen und die auch nach dem Verzehr eines Smarties zwölf Stunden durchtanzen, weil ihnen jemand gesagt hat, es handelt sich um Extasy. Das Leben kann so einfach sein und so tödlich – in seinen Einzelheiten. Dieses bunte Tier ist so ein schönes und filigranes Wunderwesen der Natur, vollkommen in seiner Bestimmung zu überleben, für uns in diesem Moment aber nichts, als ein Störenfried im Wasser. Ich gebe zu: den man anfassen möchte. Caro ist mutig und wagt sich zwischen die unglücklich aufklatschenden Wellen und die blauen Gestalten. Ich ärgere mich unterdessen mal wieder über meine Out-of-water Auflage, entschließe mich dann aber spontan dazu, einfach zu entspannen und mich zu freuen, dass ich heute garantiert nicht sterben werde. Es ist schön wieder hier zu sein, an dem Strand, an dem ich zum ersten Mal auf einem Surfboard stand. Am Nachmittag erwartet mich ebenfalls etwas erstes: Mein erster Arbeitstag. Und ich sehe mich nach einem fahrbaren Untersatz um, der egal wie er aussieht, Hauptsache fährt.

Einige Stunden später:
Das mit dem „Hauptsache fährt" hätte ich vielleicht besser nicht so laut gesagt, denn der einzige fahrbare Untersatz, den ich mir leisten kann und den ich noch dazu ohne vorhandene N.I.E Nummer- die habe ich ja erst in fünfundvierzig Tagen- bekomme, ist ein uralter, schwarzer VW Polo Coupe 1.3, mit Fickfolie.
Es gibt Farben, die hätten das Fass zum Überlaufen gebracht. So fahre ich in schwarz noch ein bisschen

unter dem Radar und kann mir einreden, dass das Auto eine gewissen Restschnittigkeit mitbringt. Die Kiste sieht ziemlich Porno aus. Noch bevor ich sie überhaupt endgültig in Erwägung ziehe, nenne ich das Teil „Dolly".

Ich hoffe das Auto macht nicht die Geräusche, die ich von so einem Auto erwarte. Da es wie bereits erwähnt nicht ganz einfach ist, ein Fahrzeug zu bekommen, das fährt, besagte N.I.E Nummer vorerst ausklammert und einigermaßen bezahlbar ist, fahre ich Dolly Probe.

Nun gut, ES fährt. Ich werde das Teil schon noch pimpen. Einen Tag später sage ich dem Kauf dieses Geschosses zu und bewege mich fort an in einem Zeit-Geld Vakuum. Wahrscheinlich träume ich heute Nacht wieder vom ersten Volkswagenwerk in Wolfsburg. Mal sehen, ob ich Eric erneut dazu bekomme, in meinem Traum an Kupplungen rumzureparieren.

Mir bleiben noch genau vier Tage, bis Caro abreist und damit unseren Mietwagen ohne Kofferraumabdeckung wieder abgibt. Das meint: Dolly muss am besten gestern noch an den Start. Keine Zeit für Rost Up und Beautysalon. Ab jetzt heißt es Gas geben: spanisches Konto einrichten, beim Bürgeramt - endlich...wieder ein Amt- anmelden, Geld überweisen.

Letzteres klingt im ersten Moment so einfach wie der Sesamstraßensong, ist aber eher eine Oper in acht Arien, wenn man

- noch Non-Resident ist (N.I.E., na eben die besagte Nummer noch nicht hat),
- nur 300€ am Tag abheben kann und

-   keine Möglichkeit findet, seine letztlich via
    Onlinebanking ausgeführte Aktion als Beleg zu
    verschriftlichen. Man könnte auch sagen:
    auszudrucken.

Ich bin über die halbe Insel gefahren, um ein
Internetcafé mit einem Drucker zu finden. Es gibt
entweder Computer ohne Drucker ODER Drucker ohne
Computer ODER eine schöne Auslage mit Kaugummis.

Dabei ist mir spontan eine Geschäftsidee gekommen.
Ich kann mich nicht erinnern, wo ich am Ende gelandet
bin, aber Ich habe das EINE Internetcafe (Locutorio)
gefunden, in dem es Computer, Drucker UND
Kaugummis gibt.

Heute am **01.03.2007** habe ich den Kaufvertrag für das
wohl hässlichste Auto auf diesem Planeten
unterschrieben und hatte einen echt fiesen Surf.
Wenn man ihn denn überhaupt als solchen bezeichnen
kann. Wild entschlossen, meine Mittagspause zu
nutzen habe ich mich in La Pared ins Wasser gestürzt.
Das erste Mal seit meiner Ankunft und nach – Gott-
hab- sie selig- endlich überstandener
Blasenentzündung. Einige Waghalsige habe das
Gleiche getan, jedoch mit wesentlich kürzeren
Brettern und höheren Zielen. Es gab nicht mal ein
richtiges Line Up. Die Wellen sind kreuz und quer
gebrochen, haben viel zu schnell geschlossen und die
Strömung war gigantisch. Ganz weit hinten liefen
bereits die ersten Brecher in die Bucht, wurden zu
Weißwasserwalzen und türmten sich erneut zu großen

Wellen auf. Ich habe es bis zu den ersten Wellen hinter dem Weißwasser geschafft, wurde aber so unsanft vom Board gerissen, dass mir bei Ankunft der nächsten Schaumwand nichts anderes übrigblieb, als mich von meiner 7'8 (2,40m) „Schrankwand" zu verabschieden und es von nun an durch die Wellen durchtauchend zu probieren. Mit eben diesem „Möbel" am Bein, verbunden mittels Leash (Sicherheitsleine), habe ich immer wieder versucht gegen die Wassermassen anzupaddeln, bis mich irgendwann die Kraft verlassen hat. Unmöglich noch mal auf das rettende Schwimmbrett zu kommen. Dabei habe ich gehofft, die Leash möge nicht so alt, wie mein Auto und meine Hüfte jung genug sein, um dem permanenten Zug eines „Einrichtungsgegenstandes" an meinem rechten Bein standzuhalten. Ich fühlte mich wie ein rudernder Hund in einem Wasserstrudel. Ich kann alles, aber nicht aufgeben. Das hat mit Übereifer zu tun und ist bei mir genetisch bedingt. Die passende Hunderasse und das Bild zu diesem Desaster lautet: Ich fühlte mich wie ein rudernder TERRIER in einem Wasserstrudel.

Und eben wegen dieses Starrsinns, machte ich weiterweiterweiter. Besser wurde es dadurch aber nicht. Nur dem Schweinehund, dem wollte ich so gern aus der Ferne winken. Der grunzende Köter hat mich dann aber doch irgendwann eingeholt. Jede Schaum-walze riss mich um, jede durchtauchte Welle wurde zur Waschmaschine. Das so pittoresk benannte Manöver „Turtelroll", verdient diesen Namen nicht, wenn man mir zusieht. Ich bin die, die „HENSVIK" wegwirft. Die Wellen brachen bereits auf den Strand und ich machte mir ernsthaft Sorgen, durch dieses Getöse heil am Ufer anzukommen. Wenn man ein paar Mal um seine eigene Achse gewirbelt wird, noch dazu unter Wasser, verliert man schnell die Orientierung und den Sinn für das Wesentliche.

Die einzige Möglichkeit besteht dann darin, dass man sich auf das Brett legt und an den Strand zurückspülen lässt. Das ist dann in etwa so, wie auf einem Gummiring durch die Erlebniswasserwelt vom Blue (Schwimmbad in Potsdam) – Animationsprogramm „Disko" zu rutschen. Vorwärts, rückwärts, seitwärts, Marsch. Wer nicht weiß, was totale Kapitulation bedeutet, das ist das Bild dazu. Zwei Wellen später war ich nicht nur wieder am Strand, sondern registrierte zum ersten Mal und noch immer sehr wackelig auf den Beinen, dass Surfen auch ziemlich blöd sein kann.

Der nächste Tag am Abend- gefühlte 23:48, tatsächliche 21:35.

Ich bin hundemüde. Ein ganzer Tag im Wasser, mein freier Tag. Nach den Erfahrungen der letzten Tage, zu denen auch mein Erlebnis mit den Weißwasserbergen gehört, machen wir uns heute auf den Weg in den Norden, um dort unser Glück zu versuchen.

Die Ostküste bleibt derzeit eher von der starken Strömung verschont, zudem liegen einige Buchten geschützter. Außerdem möchte ich mal etwas anderes zu Gesicht bekommen als diesen einen Strand.

Nachdem ich wieder einmal erfahren musste, wie hart der Weg zu einem gelungenen Moment auf dem Board ist und an was es mir noch alles fehlt, bin ich eben noch aufs Äußerste demotiviert, nun von einer bleiernen Müdigkeit eingelullt. Mit einem nicht vorhandenen Erfolgserlebnis einen Tag zu beenden, gehört ebenso dazu, wie das Gefühl ständig bei null anfangen zu müssen. Ich kann nicht mehr zählen, wie oft ich heute einen Take-Off nicht oder fehlerhaft beendet habe. Mit dem Ergebnis diverser Wipe-Outs (Flüge aus und durch die Wellen), wie sie schöner nicht hätten sein können. Dabei ist es nicht immer einfach, nur bei sich selbst zu bleiben.

Die schlimmsten Fehler, die man begehen kann- und von denen ich auch keinen ausgelassen habe, in chronologischer Reihenfolge:

a) Brainfuck
b) an anderen Personen gemessen
c) Zögerlichkeit
d) Verbissenheit, miese Laune, schlechte Verfassung

Alle diese Gründe und noch viel mehr, haben dazu geführt, dass ich mit

a) zu vielen Gedanken
b) neidisch (fiese Eigenschaft)
c) ängstlich
d) schlechter gelaunt, dramatisch unmotiviert und fast geviertelt

das Wasser verlassen habe.

Und dennoch catcht mich am Ende immer wieder dieses Glücksgefühl. Auch an solchen Tagen wie heute bin ich schnell wieder versöhnt und freue mich darauf, es bald besser machen zu können.

Ich hatte ja bereits erwähnt, dass das Surfen zu den einzigen, mir bekannten Dingen gehört, die auch nach den absoluten Arschlochmomenten so unrealistisch schön in Erinnerung bleiben, dass man es immer wieder aufs Neue probieren möchte. Das ist in jedem Fall weird und grenzt an Masochismus. Wenn ich jemandem irgendetwas raten wollen würde, dann in jedem Fall nie und niemals aufzugeben. Man wird irgendwann belohnt. Egal wann. Und wenn man es auf die übrigen 364 Tage und 82.465 Situationen im Jahr im Leben überträgt, erhält man auch hier wieder eine passende Philosophie.

Ich übe nun also den Take Off, bzw. das Überlisten des kleinen Zeitfensters, was einem bleibt, um dabei gut auszusehen und im Stehen sein Manöver zu beenden. Die für mich einzig folgerichtige Position. Ich bin ja kein Bodyboarder.

Sidefacts:

Ab morgen steht das hässlichste Auto der Welt vor meiner Haustür. Im Job sollte ich besser Spanisch lernen, damit ich demnächst nicht mehr den Glasreiniger mit der Möbelpolitur verwechsle.

Die Spiegel in den Umkleidekabinen werden es mir danken und die Kunden können dann auch sehen, worin sie gut oder weniger gut aussehen.

Die nachfolgende Ausbesserungspolitur hat mich den Unterschied der Wörter muebles und cristales gelehrt.

Da ich Kolleginnen habe, die ausschließlich Spanisch sprechen, aber Deutsch lernen wollen und ich das Mittel der Wahl zu ihrem sprachlichen Erfolg bin, nutze ich umgekehrt ihren Heimvorteil und versuche mir so viel Spanisch wie möglich anzueignen.

Die Seite meines Vokabelheftes heißt: „Wir gehen einkaufen", Schrägstrich „Wir verkaufen". Wenn etwas nicht passt, ist das auch nicht schlimm. Ich tröste mich dann damit, dass es Prominente gibt, die es trotz Sprachdefizit bis ganz oben ins Deutsche Fernsehen geschafft haben. Rudi Carell zum Beispiel.

Er wäre nichts ohne seinen Sympathie- Artikel- Vertausch- Akzent. Wer so lange stammelnd an vorderster Front auftritt, dem muss man- so bin ich sicher- mit Kursen dazu verhelfen, dass die Heimatsprache nie so ganz verkümmert, damit eben dieser Sympathiebonus nie so ganz abhandenkommt.

Hier gilt so oder so das Kommst- du- heut- nicht- kommst- du -morgen- Prinzip. Und es ist auch keiner böse, wenn in egal welcher Sprache angekündigte Ereignisse nicht oder zeitverzögert stattfinden.

Das trifft vor allem auf Dolly und alles, was mit dem Kauf dieses Fahrzeuges zusammenhängt, zu.

Angefangen beim Preis, der sich am Ende noch einmal zu meinen Ungunsten verändert hat. Wenn ich jemandem erzähle, was ich schlussendlich für diese unglaubliche Erscheinung auf 4 Rädern ausgegeben habe, erklärt man mich für komplett verrückt.

Zu Recht! Leider habe ich keine Wahl, um das Gegenteil zu beweisen. Funfacts: Nur das Radio ist OFFENSICHTLICH defekt, der Fahrersitz nicht umklapp- und die rechte Tür lediglich von innen auf schließbar.

Dass der Kofferraum nicht abschließbar ist, rechtfertigt die Verkäuferin mit den Worten „hier werden die Autos eh aufgebrochen, abschließen tun wir hier alle nicht"...Ach so. . Na dann.. Im Endeffekt habe ich also meine letzten Taler dafür hingeblättert, dass ich simpel und nur das eine: VORWÄRTS KOMME. Mit funktionierenden Extrafeatures wäre dieses Schmuckstück einer Friseurin aus den Achtzigern wahrscheinlich unbezahlbar. Ich habe Dolly einen „Work sucks go surfing" Aufkleber auf den Hintern geklebt. Unter einem weiteren Sticker mit Hinweis auf den Job und Namen des Vorbesitzers „Manfreds Baumschule" habe ich den Umriss eines pinken Frauenkopfes zum Vorschein geknibbelt.

Da das Motiv ziemlich Oldschool ist, entschließe ich mich, diese Entdeckung nicht erneut zu überdecken und gebe dem Frauenkopf den Zuschlag vor der Baumschule.

Seit heute bin ich allein in meinem Häuschen auf dem Lande. Was für andere nach Erholung pur klingt, ist für mich dank eines blutrauschbekloppten Exfreundes, der jeden Horrorfilm auf diesem Planeten angeschleppt und die besonders abstoßenden Szenen in Zeitlupe geschaut hat, ein echter —Stressfaktor. Der Vorteil meines Wohnortes ist in diesem Fall auch gleichzeitig sein größter Nachteil. Wenn anderswo Lastwagen über vielbefahrene Straßen fahren (gut, das ist wirklich kein Vorteil), prügeln sich vor meiner Tür irgendwo im Nirgendwo die Hunde (das ist aber auch kein Vorteil). Manchmal sind auch mehrere Katzen involviert.

Es klingt nie gut. Mitten in der Nacht, selbstverständlich. Meistens plötzlich.

Springt eine von den Katzen in der Nacht auf die süßwassergeflutete Kiste mit meinem Neoprenanzug, stehe ich kerzengerade und zähneklappernd im Zimmer.
Ich könnte viele weitere Beispiele benennen, zu denen ich das passende Geräusch echt unheimlich finde.
Viele dieser Geräusche wurden cineastisch und unterschiedlich kreativ bildlich umgesetzt.
Die Opfer- meistens junge, gestylte Frauen- machen in diesem Filmen oft Popcorn in der Microwelle und öffnen dabei -noch einmal wohlwollend durchlüftend- die Terrassentür. Ich bin nicht gestylt.

Gibt es kein Geräusch, gibt es hier wirklich KEIN Geräusch. Man glaubt nicht, wie laut Stille sein kann.
Ich werde in diesem Haus und in dieser Einöde NIEMALS einen Krimi lesen können, ohne einen Baseballschläger in der Hand zu halten.

Heute am **05.03.2007** spät am Abend und am Ende meiner Schicht, hoffe ich auf eine entspannte Nacht.
Morgen erwartet mich mein zweiter Sunrise Surf.
Es gibt für mich nichts schöneres, als bei aufgehender Sonne auf dem Wasser zu sitzen und darauf zu warten, dass mich eine Welle zum Strand mitnimmt- wenn sie es denn tut. Den Tag so zu begrüßen hat eine Magie und Energie, die man in Worten kaum beschreiben kann. Mit einem glücklichen Grinsen im Gesicht trotze ich dann gerne dem Rest des Tages.
Unter meinen Kollegen bin ich die Einzige, die morgens eingesandet und klatschnass erscheint. Meine Kollegen finden das doof, weil ich immer alles vollsaue.

Ich bin dann einfach entspannt und es ist mir egal, wer was doof findet. Im Endeffekt bin ich eh die einzige, die den Besen benutzt.

Meinen wohl bisher besten Surf hatte ich heute. Bei auflaufendem Wasser beginnend bei Niedrigstand an der Nordostküste. Für Leute, die schon länger surfen eine eher müde Veranstaltung.

Ich dagegen habe an solchen Tagen die Gelegenheit „grüne Wellen" zu lernen, ohne mir dabei gleich den Hals zu brechen. Bisher bin ich davon verschont geblieben.

Dafür verunfallte ich gestern beim Schließen unseres Shops. Das ist eigentlich unmöglich, wenn man die Reihenfolge des Tagesendes umsichtig gestaltet.

Es gibt eine Kasse, die man abrechnen muss, ein paar Puppen, die spätestens am Tagesende hübsch angezogen und die Marken der Saison auch in der trüben Beleuchtung des nächtlichen Schaufensters präsentieren sollen. Und es gibt ein Zwei- Türen- System. Wenn man zuerst die eine Tür und dann die andere schließt, ist man safe und klemmt sich auch nicht die Hand zwischen beiden Türen ein.

Es ist faktisch unmöglich.

Hat man es hingegen arbeitgeberunfreundlich eilig, wird man umgehend bestraft.

Der erste Test nach solch schwachsinnigen Verletzungen gilt immer der Noch-Surftauglichkeit. Da man die Finger beim Surfen nicht primär benötigt, bin ich aufs erste beruhigt, aber nicht wirklich schmerzfrei.

Die Folgetage verbringe ich mit 1 Kilo Tüten gefrorener Erbsen, Grünkohl und was die Supermarkttheken noch so hergeben auf den eingeklemmten Fingern.

Mein Kühlschrank hat kein Eisfach.

Das erfordert Kreativität im Kühlprozess.

Der Surf: Endlich wird mein Take Off besser und ich bin mal wieder ein Stück gefahren. Ich liebe den Moment, wenn mich die Welle mitnimmt.

Es ist ein berauschendes Gefühl. Nur leider noch viel zu selten. Derzeit paddle ich und paddle und paddle und paddle. Wenn ich so weiter paddle, werde ich niemals einen Winkarm haben und immer so straff daher winken, wie Michelle Obama. Wenn ich nämlich jeden Tag fünfmal wohin paddle und nur das, habe ich am Ende nicht nur keinen Winkarm mehr, sondern auch sehr starke Schultern. Caro rät zu Ausgleichssport.

Hat sie Recht, wer dicke Arme hat, muss auch dicke Beine haben. Ich werde mir von meinem nächsten Gehalt ein Fahrrad kaufen und auch endlich mit Yoga beginnen. Yoga erscheint mir wie ein Muss. Es ist neben Hibiskusblüte und VW Bus eines der Statuten, die einen Surfer zum Surfer machen. Yoga und Surfen sind so kompatibel wie Ernie und Bert.

Mit diesem stylischen Gedanken gehe ich ins Bett. Um **6:00** klingelt der Wecker.

07.03.2007

Mal wieder verletzt setze ich heute einen Tag aus. Das fällt mir alles andere als leicht.

Bei einem Spaziergang habe ich mich in Zeitlupe so unglücklich an einem Stein gestoßen, dass der betreffende Zeh eigentlich genäht werden müsste. Jetzt sind neben meinen Fingern auch noch meine Zehen außer Gefecht gesetzt. Das betreffende

Hautstück, welches eigentlich nicht mehr zu dem Rest des Zehs gehört, klebe ich optimistisch mit einem Pflaster an, in der irrwitzigen Hoffnung, es möge von selbst wieder anwachsen. Und so werde ich heute normal lange schlafen (na ja, länger als bis um 6:00, mit Surfplan), ausgiebig frühstücken, arbeiten und dazwischen eine entspannte Mittagspause einlegen. Ich muss eh noch mal in der Buchhandlung vorbei, denn mein Spanisch ist und bleibt eine Rechnung mit noch vielen Unbekannten und ein Grundwortschatz alleine reicht da nicht mehr aus. Vielfach rät man mir zu einem spanischen Freund. Ich finde das oberflächlich und auch ein bisschen doof, beobachte dieses Phänomen aber zunehmend bei zugezogenen Frauen, die wenig Spanisch sprechen. Meine Partnerwahl mache ich weiterhin nicht davon abhängig, welchen Nutzen sie mir einspielt, als vielmehr davon, wie aufregend mir mein Gegenüber erscheint. Auf eine Nationalität kann und will ich mich da nicht festlegen. Da fahre ich dann doch lieber in die Buchhandlung. Ich möchte mich nicht länger ärgern, dass ich alles verstehe, aber nicht antworten kann. Stumm grinsend stehe ich bisher daneben und nicke dämlich. Einziger Vorteil bei der ganzen Sache ist, alle DENKEN ich verstehe sie NICHT oder ich bin einfach ein bisschen doof. Dabei tue ich weder das eine, noch bin ich das andere. Allerdings fällt es mir nicht schwer, so zu tun, als ob.

13:30, Siesta am Strand und das ist die Wirklichkeit! Natürlich wäre Siesta mit Board besser als Siesta ohne Board, aber Siesta ohne Board und am Strand ist immer noch besser als Mittagspause im Büro und ohne Strand. Während ich dies sehr selbstzufrieden feststelle, habe ich mich nun an einem wellenlosen Strand -das kann ich aushalten- niedergelassen und schaue Urlaubern, Windsurfern und der Natur beim Dasein zu. Dabei weht mir der salzige Geruch des Meeres ins Gesicht.

In Berlin würde ich meine Mittagspause damit verbringen, in ein pappiges Brötchen zu beißen, die Heizung höher zu stellen und eine einsame Runde, um den kalten Block zu laufen. Kein Mensch verlässt freiwillig ein gut beheiztes Gebäude und läuft umher. Dabei würde ich vermutlich meinen nächsten Surf Trip planen. Heute weiß ich, dass es morgen wieder so weit sein wird und übermorgen und überübermorgen und überüberübermorgen. Auch ohne die Mühen eines Nebenjobs, der dies alles finanziert. Ich bin abgefahren glücklich und muss mich –hoffe guckt grad' keiner- selbst kneifen. Ist natürlich alles wahr.

Keine Fototapete.

Für morgen- meinen freien Tag- erwarten wir einen großen Ostswell und einen weiteren Swell aus dem Süden. Das bedeutet: SURFEN und zwar den ganzen Tag. Dafür klebe ich meinen Zeh einfach weiterhin zusammen und hoffe, dass er hält.

Mein Blickfeld kreuzen gerade zwei unbekleidete, walkende Herrschaften. Das sieht für mich immer aus, wie oben Strand und unten Ski und bis auf Tasche…nackt. Schon etwas strange. Ich meine, wenn nackt, dann doch ganz nackt. Das schließt dann auch die Tatsache ein, dass man auf Socken und Sandalen verzichtet. Hatte man in der Steinzeit auch nicht. Zumindest nicht von FILA oder DEICHMANN.

Was mich – neben dem Surfen- noch beschäftigt, sind die großen, strubbeligen Jungs. Nach dem letzten Chaos auf Ibiza könnte ich langsam eine kleine Aufmunterung gebrauchen. Auch wenn ich anzweifle, dass damit meine Erinnerung ausgelöscht ist. Unwahrscheinlich. Seit meiner Ankunft habe ich davon allerdings gerade mal drei entdeckt. Zwei sind vergeben und der dritte hat mich heute früh im Laden so grenzdebil angestarrt, dass ich das nicht als Flirt, sondern als verstörende Einzelerfahrung verzeichne. Der liebe Gott möge verhindern, dass ich mich hier in einen Urlauber vergucke. BLOSS DAS NICHT!!!

Fazit also auch zu diesem Thema: Poco a poco. Und zum Thema Erinnerung: Natürlich kann ich es nach wie vor nicht wirklich lassen, dieser ab und an ein, zwei Zeilen aus meinem Leben zu schicken und mich über eine Antwort zu freuen. Dummerchen!

Zu meiner Entschuldigung kann ich nur sagen, dass ich dabei nie betrunken war/bin.

Ich glaube, es wird Zeit endlich wieder etwas mit einem anderen Menschen zu teilen. Diesen Ort zum Beispiel, das Meer....Ist lange her, dass ich das wollte. Liegt vielleicht auch am Februarsommer, der mich ohne Umwege über den Frühling und mit voller Ladung direkt erreicht hat.

22:32, immer noch am **07.03.2007**

Mittlerweile bin ich zuhause angekommen.
Habe ich das jetzt zum ersten Mal geschrieben?
„Zuhause"? Eigentlich will ich nur noch in mein
eineinhalb Personen großes, kuscheliges Bett und
schlafen, aber wow- der Sternhimmel ist heute einfach
nur irre.
Dieses astronomische Ästhetikum, ist einer der
Gründe, warum ich diese Insel so liebe. Wenn man
jahrelang in der Stadt lebt und weit entfernt ist vom
Meer, wenn man nur noch die hellerleuchteten Nächte
kennt, die man als lichtverseucht bezeichnet, dann ist
dieser wirklich krasse Sternhimmel mit dem
Meeresrauschen im Hintergrund unfassbar
beeindruckend. Der Himmel hier über mir ist nicht zu
beschreiben und es nutzt mir wahrscheinlich auch
nichts, wenn ich es könnte. Trotzdem finde ich es
immer etwas beeindruckend und sogar ein bisschen
romantisch, wenn mein Date- wenn ich denn eines
habe und wir dann auch noch unter dem Sternhimmel
rumsitzen- sein astronomisches Wissen im Nebensatz
erwähnt. Es gibt diese Typen, die schütteln die
gesamte Milchstraße aus dem Ärmel, während sie
dabei sexy gucken können und keinerlei Ähnlichkeit
mit meinem Physiklehrer aus der Gesamtschule
aufweisen. Das Einzige, woran ich jetzt denke, ist, dass
ich verdammt klein bin, wie ich hier so stehe und in die
Welt schaue, in einen samtschwarzen Teppich mit
funkelnden Steinen.

08.03.2007, am Abend in meinem Häuschen

Den ganzen Tag war es wahnsinnig windig.
Ein Sturm pfeift über die Insel und hinterlässt einen
Teppich nebligen Sandes, wohin man auch blickt.
Dabei ist es warm, wie lange nicht mehr. Ich vermute
zunächst einen Kalima, aber dafür sieht man noch zu
viel von der Sonne. Die kleine, wackelige Tür meines
Häuschens knarrt bedenklich, trotzt aber tapfer dem
hartnäckigen Wind. Ich habe den heutigen Tag mit
nichts als Paddeln und Boardumhertragen verbracht.
Wobei ich mein Brett fast besser als Segel hätte nutzen
können. Der Swell war schön, aber der viel zu starke
Offshore- ablandiger Wind- hat das Meer in einen
unruhigen Zustand versetzt, indem Surfen, geschweige
denn Paddeln kaum noch möglich gewesen ist.
So bin ich früh am Morgen fleißig gegen die starke
Strömung angepaddelt, um mit nichts als Versuchen
wieder aus dem Wasser zu steigen.
Es hat etwas von einem Laufband. Nur dass man liegt.
In der Bewegung innezuhalten, ergibt bei beiden
Aktivitäten keinen Sinn. Dieser Tag beweist einmal
mehr, dass man beim Surfen und egal bei welcher
Vorhersage mit nichts rechnen kann, es aber
unbedingt muss.
Das Meer ist unvorhersehbar, es wandelt sich ständig
und jede gute Welle unterliegt einem perfekten
Zusammenspiel zwischen sehr vielen Komponenten.
Dennoch bin ich glücklich. Hinter mir liegt ein Tag am
Meer, vor mir eine Riesenportion Nudel-Thunfisch-
Suppe? - für eine Sauce war es etwas zu dünn- vor mir
steht ein Bierchen und die Gewissheit, dass auch

morgen wieder die Sonne aufgeht, die, im Übrigen, heute in unglaublichen Farben untergegangen ist.

Meine Siesta habe ich mit dem Lesen von so wörtlich: „einfachen, spanischen Texten" verbracht.

Es handelte sich dabei allerdings weniger um „Peter und Cordula gehen über die Straße- „Hallo Peter- Hallo Cordula", als vielmehr um eine wüste Mischung schräg übersetzter Passagen aus Romanen, Gedichtbänden und Belehrungen.

Ich hoffe inständig, dass dieses Buch nicht die Umgangssprache abbildet, sondern wirklich nur schlecht übersetzt ist.

Gerade erhalte ich eine SMS von Andrea: „Morgen werden im Norden bis zu 4 Meter hohe Wellen erwartet". Ich frage mich, wer die surfen soll. „Bitte schreibe diese Nachricht doch an deine Bigwavefreunde von der Northshore".

Wir surfen sie nicht. Wir wollen morgen vor der Arbeit eine kleine Session starten. Klein.

Macht nichts, wird es eben wieder der Süden.

Der Wind hat sich inzwischen zu einem regelrechten Sturm aufgeplustert. Hoffentlich hat Paco seine Ziegen festgebunden. Wie sagt man so schön? „Es ist erst windig, wenn das Schaf keine Locken mehr hat."

Drei Tage später.

Ich muss grad mal auf Anhieb siebentausend Kalorien zu mir nehmen. Hunger. Mein Tag enthielt zwei wundervolle Surfsessions, einen wie immer früh am Morgen und den zweiten in meiner Siesta.

Die Zeit dazwischen habe ich mit dem Verdienen meines Unterhaltes verbracht. Der Morgen war perfekt. Nach dem wir gestern nun doch Kalima, und damit so gut wie gar keine Sicht hatten, ging an diesem Tag die Sonne gewohnt farbenfroh auf. Mit ein bisschen Verspätung bin ich an meinem Strand angekommen, habe es aber gerade noch geschafft, die orangegelbe Sonne aus dem Meer aufsteigen zu sehen. Eigentlich bin ich verabredet, aber die Einsamkeit des nicht zu Stande gekommenen Dates kommt mir recht.

Mit mir im Wasser sind ein paar Fische- ein kleiner Schwarm umkreist mein Board- Ich genieße ihre stumme Gesellschaft. Ganz ohne Line Up und ohne eine Menschenseele ist dieser Morgen mein ganz eigener. Leider habe ich mein Board nicht besonders gut gewachst. Nach zwei Stunden und mit ansteigenden Wellen, sowie einsetzender Ebbe, verlasse ich das Wasser und wünsche dem Kranichpärchen aus den Dünen einen schönen guten Morgen. Die beiden stehen vor den sanitären Anlagen des Strandes und bilden einen schrägen Kontrast zum Thema menschliche Notdurft.

Mit nassen Haaren und völlig versandeten Zehen geht es in den Laden. Natürlich nicht ohne vorher den mir näherstehenden Menschen eine SMS über die grandiosen Bedingungen zu schicken.

Am Nachmittag dann das gleiche Spiel, nur dieses Mal wie bei ALDI an der Kasse. Es ist wahnsinnig voll. Hätte ich mal doch niemandem etwas verraten.

Aus der Erfahrung des Morgens weiß ich bereits um die Stärke des Swells und die daraus resultierenden Wellen.

Als ich am Strand eintreffe, ist das Meer voller Surfer. Die Rettungs-schwimmer haben die rote Flagge gehisst. Ebenfalls aus der Erfahrung des Morgens weiß ich, dass mein Board dringend eine gute Ladung Wachs benötigt.

Und noch während mir der vertraute Duft des mit Kokos parfümierten Wachsblockes in die Nase steigt, mischt sich ein Spanier in das Geschehen ein.

Ich würde nicht richtig wachsen. Man kann eigentlich nicht viel falsch machen. Dennoch: Recht hat er.

Ich bin zu faul, in der heißen Mittagshitze mein Board im Wasser abzukühlen, bevor ich die zweite Schicht Wachs auftrage. Das erledigt er jetzt für mich. Danke! Ich bin hoch erfreut über so viel Hilfsbereitschaft, da gesellt sich noch ein alter Herr zu mir.

Ihn und die vielen Umstehenden scheint es brennend zu interessieren, was wir hier alle mit unseren Brettern und bei roter Flagge treiben. Ich komme mir vor wie im Zoo. Sämtliche Touristen habe sich am Strand versammelt. Die, die nicht surfen, glotzen neugierig auf das Wasser. Der soeben erwähnte Herr fragt mich auf Deutsch -natürlich- nach dem was genau und wieso ich da gerade tue. Außerdem betippt er mich mit dem Finger. Das empfinde ich als merkwürdig und übergriffig. Ich erzähle ihm kurz etwas über den Sinn des Unterfangens und frage mich ob des Fingertippens, ob der einfach mal einen echten Surfer anfassen möchte. Und was ist ein echter Surfer eigentlich? Ich? Die ich hier seit ein paar Wochen mehr schlecht als recht rummache, aber dafür maximal fröhlich bin? Oder der dahinten, mit dem schnittigen Shortboard und dem krassen Cutback? Um die Frage mit meinen Worten zu beantworten: Der beste Surfer im Wasser ist immer der, der am meisten Spaß hat. Das kann der Anfänger auf dem Softboard sein, der kleine Junge auf dem Boogieboard oder der tolle Typ mit dem sensationellen Spray.

Da die Wellen gerade schön laufen möchte ich nicht mehr länger warten oder weiter getippt werden.

Ich drehe mein Board auf die Kopfseite- damit das Wachs nicht gleich wieder in der Sonne schmilzt- und springe in den vom Morgen noch nassen Neoprenanzug. Nasse Neoprenanzüge, eigewickelt in Plastik und sei es auch nur für ein paar Minuten, entwickeln einen sehr, sehr unangenehmen Eigengeruch, den ich irgendwo zwischen nassem Hund und vergammeltem Butterbrot katalogisiere.

Ich nehme mir vor beim nächsten Mal etwas umsichtiger mit dem Ding umzugehen. Draußen im Wasser erwarten mich ein paar Surfchicas (O-Ton Jen, eine wie ich zugezogene Deutsche) und einige Locals, die aber alle einen sehr entspannten Eindruck machen. Das ist nicht immer so und sehr schade, in Anbetracht von einem eigentlich sehr entspannten Sport.

Dass es da ein „Mein" und „Dein" gibt, scheint absurd. Es ist wie im Urwald. Auch hier gibt es Silberrücken. Dort ist es allerdings nicht verrückt, sondern lebensnotwendig. Ich wünsche allen Hosentaschen-gorillas, deren Leben nicht von einer Rangordnung abhängt, dass sie bei ihren Reisen um die Welt überall freundlich empfangen werden. Man kann Phrasen

oder Wellen reiten. In Kapstadt habe ich erlebt, was es bedeutet, den Gorilla im Haus zu lassen. Jung surft neben alt, schwarz neben weiß, Profis neben Anfängern, dick neben dünn. Und alle diese Menschen lieben, was sie tun. Im Wasser sind sie alle gleich.
Es gab kein Gebrüll, Geschubse oder Rumgezeter.
Es war wie auf einem Dorffest, wo der Banker mit der Putzfrau tanzt. Letztlich zählt doch, dass man sich mit Respekt und auf Augenhöhe begegnet.
Dass man bei einem Sport- in dem man Entscheidungen in Bruchteilen von Sekunden treffen muss- Sicherheits- und Vorfahrtsregeln beachtet, versteht sich von selbst. Dass man einen so langen Satz ungestraft auch nur denken darf, nicht.
Ich entschließe mich gegen die große brechende Welle und ziehe meinen Vorteil aus den kleineren Wellen am Rande. Schon allein deshalb werde ich niemals jemandem in die Quere kommen.
Ich habe A) Zeit und B) nicht die Motivation heute schon über mich hinaus zu wachsen.
Ich gebe aber zu, der Thrill es zu tun, macht viel von diesem Sport aus.
Da wir Flut haben brechen die Wellen etwas zu nah am Strand. Wellen brechen immer dort, wo sie aus tieferem Wasser an flachen Stellen ihre letzte Beschleunigung erfahren. Das kann- wie jetzt- bei Flut sehr nah am Strand sein, oder auch über einem gut liegenden Riff zu verschiedenen Gezeitenständen.
Ein Take Off gelingt mir, den Rest der Zeit verbringe ich mit Paddeln und Warten.
Am Ufer baden Kinder und Urlauber, die sich etwas zu nah an die auslaufenden Wellen heranwagen.

Da ich Slalom mit Hardboards um ungeschützte Köpfe nicht mag, hält mich mein mittleres Können davon ab es zu versuchen und ich bleibe in respektvollem, damit aber nahezu unsurfbarem Abstand. Ein Nachteil von Stränden, an denen üblicherweise die Masse der Menschen an ihren Wochenenden und in ihrem Urlaub schwimmen geht. Aber: Ich freue mich über die Zeit, die ich damit verbringe, im Wasser zu sein.

Meine Spanischkenntnisse kommen ebenfalls in Schwung. Ich lerne Spanier kennen.
Nein, nicht romantisch. Ich rede, was immer ich reden kann und wenn es falsch ist, rede ich noch mehr und lasse mich verbessern. Oder ich höre eben wieder etwas länger zu und wirke dabei weiterhin ein bisschen dumm.

12.03.2007 Casa Tine, dia libre

Und was macht man, wenn man den ganzen Tag frei hat? Man geht den ganzen Tag surfen.

17:19 Ich sitze auf meiner Couch und war natürlich den ganzen Tag surfen. Durch die geöffnete Tür weht der Rest vom Tag in mein kleines Häuschen.
Die Hunde bellen. Ab und an steckt eine hungrige Katze trotzig miauend ihren Kopf durch die Öffnung zwischen Vorhang und Fußboden. Es ist friedlich und auf eine ganz bestimmte Art befreiend.
Der Klang der Wellen vermischt sich mit dem Klang meiner Musikanlage und der schimpfenden Stimme

von Maria. Irgendwem schreit sie immer irgendwas hinterher. Menschen, die ihre Gefühle so offen zeigen, sind sehr befreit. Ich wünschte, ich könnte meinem Ärger manchmal so Luft machen, wie Maria.

Ich belasse es dabei sie zu bewundern und schlage mich weiterhin auf die Seite des eher tiefenentspannten, weiße Plüschkatzen streichelnden Pacos. Auf meiner Nase macht sich der erste Sonnenrand bemerkbar. Ich habe den ganzen Tag im Wasser gesessen und auf Wellen gewartet. Bis auf ein dem Tode geweihtes Fischchen und zwei bis drei Sets im Abstand von jeweils dreißig Minuten ist mir allerdings nicht viel begegnet. Von drei Versuchen auf Wellen zu stehen, habe ich zwei in der Vertikalen abgeschlossen und so ist dieser Tag auch ohne hohe Wellenfrequenz ein ausgesprochen großer Erfolg für mich gewesen. Prozentual gesehen. Bis auf zwei weitere Surfer, teilen wir heute das Wasser nur noch mit einigen wenigen Schwimmern in Ufernähe. Und während ich da so sitze und über die glitzernde Wasseroberfläche schaue, in drei zufriedene Gesichter blicke, weiß ich DAS macht es aus. Surfen ist nicht cool. Es ist die simple, aber große Liebe zum Ozean mit den stetigen Wechseln, die sich durch das Zusammenspiel von Gezeiten, Wind und Dünung ergeben. Es ist die kleine glitzernde Gischtkrone, der springende Fisch, der Boden unter unseren Füssen, den wir manchmal noch gerade erkennen können. Es ist im Wasser zu sitzen, das Meer zu hören, es zu fühlen und die salzige Luft zu schmecken. Surfen ist warten auf ein großes Geschenk. Eine Umarmung mit der Natur, und es ist eine magische Art das Leben zu genießen.

Eine Welle entsteht irgendwo auf dem Meer, weit draußen. Sie hängt zusammen mit dem Wind, der Sonne, dem Mond und ist eine Summe aus unendlich weiten Wegen, Energie und physikalischen Begebenheiten. Ein Wunder, jede Welle.

Ich werde niemals von unnötigen Gedanken geplagt, bin nie müde, trotzig, böse oder traurig, ärgerlich oder aufgewühlt, wenn ich so dasitze und auf die nächste Welle warte. Die Zeit vergeht und das wahre Leben wird zu einem schimmernden Wunderwesen der Zufriedenheit.

Die Sonne geht unter. Ich sollte Licht machen.

Die Windstille der letzten Tage hat mir eine wahre Fliegenplage beschoren, der ich dringend den Weg nach draußen weisen muss.

Ohne Wind fällt mir da nur Wedeln ein.

Dazu habe ich keine Lust.

Ebenfalls DRINGEND muss ich in einen Surf Shop oder zu einem vernünftigen Shaper (Board Werkstatt). Meinem riesigen Flaggschiff des Wellenreitens möchte ich noch ein Funboard hinzufügen. Meine Schrankwand ist zwar ganz wunderbar um nicht über die Reeling zu fallen (dafür ist sie einfach zu breit), aber genau hier liegt auch der Hase im Pfeffer.

Sie hat an manchen Tagen einfach von allem etwas zu viel. Zuviel Breite, zu viel Volumen, zu viel Länge, zu viel Gewicht, zu viel Farbe. So richtig verrückt bin ich nicht auf Shortboards, aber mir ist bewusst, dass ich bei meiner Körpergröße und meinem Gewicht auch dann noch genug Auftrieb habe, wenn sich mein Material um einige Zentimeter und Gewichtseinheiten minimiert.

Einkaufen muss ich auch noch. Lebensmittel.
Wenn ich nicht gerade so extrem tiefenentspannt
wäre, würde ich jetzt noch schnell einen Trip mit Dolly
Richtung Supermercado machen.
Ein wichtiges Argument gegen das „mal eben schnell
Wohinfahren" ist allerdings das nicht ganz einfache
Befahren meines/ unseres Innenhofes, auf dem ich
Dolly für gewöhnlich parke. Wenn es gut läuft, läuft es
wie folgt:

- Dolly möglichst reifenschonend über
  das letzte Stück Schotterpiste zum
  Haus navigieren.
- Würdevoll aus unsinnigerweise
  tiefergelegtem Fahrzeug (das war ich
  nicht) aussteigen, dabei den Motor
  laufen lassen.
- Bis drei zählen, dann sind alle
  Hofhunde am Tor.
- Lage peilen.

Jetzt kommt der schwierigste Teil:

- Dolly rein
- - Hunde möglichst nicht raus.

Ich muss nun werfen. Würste, Leckerlies, Steine,
Stöckchen.
Die Zeit, die meine fellnasigen Nachbarn damit
verbringen meinem Wurf hinterher zu jagen muss ich
nutzen, um ins Auto zu springen, in die Einfahrt zu
driften, umgekehrt wieder aus dem Auto zu springen
und das Tor hinter mir zuzuknallen.

Je weiter mein Wurf, desto mehr Erfolg hat das Unterfangen. Baseball für Landbewohner. Ist kein Hund auf der anderen Seite: 100 Punkte.

Ist kein Hund im Tor eingequetscht 1000 Punkte.

Da das auf Dauer nicht die beste Lösung ist, aber eine Methode, um relativ stressfrei mit dem Auto auf den Hof zu kommen, müssen auf den Einkaufszettel auch wieder ein paar tierkompatible Snacks.

Es ist ziemlich unwirtschaftlich, wenn man bei jedem Versuch das Gelände zu befahren, eine Familienpackung Wiener Würstchen über den Hof verteilt.

Von den dann in meinem Kühlschrank fehlenden Lebensmitteln ganz zu schweigen. Das könnte ich z.B. genau JETZT erledigen. Oder ich gehe einen trinken. Ich gebe zu ab und an fehlt mir ein bisschen Gesellschaft, eine Menschenansammlung oder eine Person. Nur noch eine Frage der Zeit, bis ich mich in unsere Schaufensterpuppen verliebe. In jedem Shop gibt es derzeit eine Männerquote von 50% (Schaufensterpuppen) die ich ständig an- und ausziehen kannwillmuss. Sie sind allerdings ein bisschen still die Jungs.

Ein paar Spanier und Zugezogene kenne ich bereits. Das wirkt sich vorteilhaft auf mein Sprachverständnis aus. Allerdings bringt mir das wenig Punkte, für die unangenehme Einsamkeit in der angenehmen Abgeschiedenheit. Und dann sind da wieder diese Tage, denen ein Geist aus längst vergangenen Zeiten vorauseilt. Ich lebe an solchen Tagen wieder ein bisschen auf Mallorca, in Frankfurt oder auf Ibiza, mit demjenigen, der diese Orte so unvergesslich für mich

gemacht hat. Ich frage mich, ob es eines Tages „KLICK"
macht und er nur noch eine vergilbte Erscheinung in
meinem Langzeitgedächtnis sein wird.

Oder gibt es am Ende Menschen, die wir nie vergessen
und deren Gesicht uns für immer überall hinbegleitet?
Auf jeden Berg, in jede Welle, in jeden Winkel unseres
Herzens? Bis zum Ende aller Tage?

In diesem Moment schlägt der kleinste Hofhund aus
dem Sammelsurium der hier versammelten Haustiere
an. Könnte passender nicht sein. Maria schreit dazu
rum. Mal wieder. Was, kann ich nicht verstehen, ist
aber sicher keiner der vielen Gründe, weshalb ich
Spanisch lernen möchte. Eine Sprache nicht oder nur
wenig zu können, kann auch seine Vorteile haben.
Das ist wie damals, als man noch nicht lesen konnte.
Überall Bilder, jeder Buchstabe ein Zeichen. Das war
für so viele Ausreden gut.

Neuerdings begrüßt Maria mich mit „Hola Nina" (Hallo
Mädchen) Seit sie mich regelmäßig putzen sieht,
gemerkt hat, dass ich tatsächlich „muy tranquila" (sehr
leise) bin, noch nie einen Hund im Hoftor
eingequetscht habe und meine Miete pünktlich zahle,
gehöre ich praktisch zur Familie. An meine Aufsteh-
und Aus-dem-Hausgehzeiten werden sich hier sicher
auch noch alle gewöhnen. Im Moment kann ich mir
schwer vorstellen, diesen Ort jemals wieder zu
verlassen. Manchmal habe ich das Gefühl, ich bin ein
lebendig gewordenes Pixel aus einer Fototapete.

13.03.2007, 22:58

Ich bin heute früh tatsächlich aufgestanden.
Nach einer unruhigen Nacht habe ich schon nicht mehr
daran geglaubt, heute zeitig aus den Federn zu
kommen.
Gottseidank habe ich es getan.
Als ich am Strand ankomme, sehe ich bereits die
Silhouette von Jen und Hamid. Die Sonne geht in allen
Farben auf und die beiden sitzen draußen auf ihren
Brettern. Ich habe vier fantastische Wellen, auf denen
ich mich im Stillen und sehr glücklich selbst feiere.
Nicht wie ein Held oder ein Sieger, eher wie ein Poet
im weitesten Sinne, ein Genießer oder ein Gewinner
des besten Momentes.
Man soll immer dann gehen, wenn es am besten ist.
Die Brecher, die mit einsetzender Ebbe und dem
Einhergehen von totalem „Geschwappe" auf dem
Wasser heranrollen, sind nicht mehr so geil.
Ich komme mir vor, wie auf einem windschiefen Floß
im offenen Meer. Seekrankheitsbedingungen.
Ich hatte mehr als einen Wipe Out und mir ist das
Brett nur so um die Ohren geflogen. Ein alter Herr
klatscht am Ufer Beifall. Wofür weiß ich nicht.
Vielleicht bewundert er meinen unerschütterlichen
Optimismus.
Nachdem ich mich an der wackligen Stranddusche von
meinem Neoprenanzug befreit habe, und gerade so im
Auto sitze, fängt es an zu regnen. Ich freue mich für
mich und die Insel. Die Sonne ist noch nicht ganz
aufgegangen und beleuchtet nahezu perfekt die
Szenerie des frühen Morgens. Ich beschließe Andrea

noch einen Besuch abzustatten und trinke einen heißen Tee in der Bar, in der sie arbeitet. Den schönen Mitarbeiter ignoriere ich vorsichtshalber. Man muss schönen Mitarbeitern nicht noch verdeutlichen, dass sie schön sind. Das wissen sie selbst. Bringt natürlich keine Punkte, erscheint mir aber gerade sinnvoll.

16.03.2007, 14:00

Ziemlich auf die Minute genau...in der Bar meines Vertrauens. Es ist eine andere, als die oben erwähnte. Bis eben war es noch herrlich ruhig. Jetzt haben sich fünf pauschale Extremtouristen hinter mich GEQUETSCHT. Also GEQUETSCHT. Nicht dass anderswo auch noch Platz gewesen wäre. Ich fühle mich unwohl und gefaltet Sie bedienen sich wie selbstverständlich ihrer Muttersprache, sprechen an, dröhnen rum und quetschen. Ich bin genervt, dass mich das nervt.
Die letzten Tage habe ich mit dem auflandigen Warten auf Wellen verbracht. Aus lauter Langeweile habe ich mir dann gleich auch noch ein neues Board zugelegt. Ein schnittiges 7'0 Evolution. Gut, dass die betreffende Berliner Bank so weit weg ist. Ein neues Board zu fahren ist in etwa wie das Date mit einem aufregenden Unbekannten. Ich bin nervös und voller Vorfreude, aber auch angespannt, ob sich die Investition und meine Vorfreude gelohnt haben.
Ich soll nicht enttäuscht werden. 360€ für einen gelungenen Wellenritt. Das war es mehr als wert.
Das Board fährt sich herrlich und selbst die Nosedives (unfreiwilliges Eintauchen über die Nase des Brettes)

machen jetzt Spaß, fliegt mir doch nicht mehr ein halbes Möbelstück um die Ohren.

Mein übergroßes Minimalibu, fast Longboard, steht nun erst mal in Casa Tine und ruht sich eine Weile aus. Dabei stößt es sich den Kopf an der niedrigen Decke. Eigentlich sollte es ja neben dem ganzganzalten Snowboard hängen. Ich hatte mich aber bereits in Berlin dazu entschlossen, es einem Museum zur Verfügung zu stellen.

Wenn ich ehrlich bin, weiß ich nicht, wo es am Ende gelandet ist. Der Trip in den Norden ist eigentlich fällig, weil Andrea ihre deutschen Hochschuldokumente anerkennen lassen muss. Dass ein halbes Vermögen dabei draufgeht, war nicht eingeplant.

Im Zuge der Anerkennung, bin ich auch heute wieder aktives Mitglied eines Behördenganges auf Fuerteventura. Diesmal hat der Nummernabreißprozess funktioniert. Nummern da, Gerät im Einsatz, Nummern werden auch benutzt. Fast beängstigend. Da ich die spanischen Zahlen noch ab und zu durcheinanderbringe, habe ich einer Mitwartenden auf ihre Frage, welche Nummer denn nun dran sein geantwortet „Vierzehn"

Was ich eigentlich sagen wollte, war „Vierzig". Unterschied zu ihren Ungunsten. Das wiederum hat mich auf die Idee gebracht, demnächst mit noch weniger Zeit, noch effizienter voranzukommen.

Dolly fährt immer noch. Ich traue mich kaum, mich darüber zu freuen. Schließlich ist es bei offen gezeigten Gefühlen oft vorbei mit dem großen Glück.

Ich verhalte mich also still und bin sehr lieb zu meinem waffenscheinpflichtigen Auto. Mein Chef hat versucht

Dolly's Rückseite mit einem Firmenaufkleber zu verzieren. Kommt nicht in Frage. Ich bin kein Windsurfer. Gottseidank ist er aber auch nicht näher rangegangen. „Work sucks Go surfing" sollte nicht das Motto seiner Angestellten sein.

Noch heute Morgen habe ich wieder feststellen können, dass ich tatsächlich an nichts denke, wenn ich auf meinem Board sitze und auf die nächste Welle warte. Ich denke nicht an Nichtsnichts. Es ist vielmehr ein gesundes Ausklinken aus dem Alltag.
Ich rede manchmal mit mir selbst, klatsche mit den flachen Händen auf die Wasseroberfläche, wenn keine Welle in Sicht ist oder danke dem lieben Gott für mein Dasein. Manchmal singe ich auch ein bisschen vor mich hin. Tatsächlich singe ich beim Surfen überdurchschnittlich häufig Weihnachtslieder.
In Anbetracht der morgendlichen Stille und der Wellen, die ich zumindest zwei Stunden ganz für mich alleine habe -steht ja kein Mensch außer mir um 6:00 in der Früh auf- ist es nicht ganz so verstörend, wenn jemand im Hochsommer „Oh Tannenbaum" auf seinem Board singt.
Apropos Lied: Heute Morgen habe ich es wieder gehört „With or without you" Dieses Lied und seine zugehörigen Bilder verfolgen mich, wie ein Stalker. Hört das denn nie auf?

17.03.2007

Aus Marias Wohnung dringt sehr dramatische,
spanische Musik. Entweder ist Maria ausgesprochen
schwerhörig oder ihre Tochter nutzt die Gunst der
Stunde und hat die Musik überproportional zu der
Schwerhörigkeit ihrer Mutter hochgedreht. Vielleicht
ist sie auch einfach nur wahnsinnig traurig oder will es
werden. Die Sängerin wirkt sehr betrübt und weint
fast, um was weiß ich leider nicht genau.
Wenn ich es wüsste, wäre ich aber wahrscheinlich
auch sehr traurig. Die üblichen Wortfetzen, die sich
auch im englischen Liedgut finden, erkenne ich auch
auf Spanisch wieder: Herz, Schmerz, „Ich hoffe", „ohne
Dich"
Kurz wünsche ich mir schwerhörig zu sein.
Meine Surfsession heute war eher bescheiden.

Aber das muss schließlich auch mal sein.

18.03.2007

Kaum zu glauben, ich lebe noch!
Nachdem ich mir gerade mit der vornehmen aber
immer hungrigen Siamkatze von Paco und Maria eine
Salchicha (Würstchen) geteilt habe, freue ich mich
jetzt auf mein Bett und darüber, dass es mir langsam
wieder besser geht. Una cabeza grande por demasiada
cerveza. In meinem Kopf klingeln alle Glocken der Erde
und ich fühle mich wie die Teilnehmerin an einem
frühen Technoexperiment, bei dem viele Menschen
mit Staubsaugern und Föhns vor wummernden Boxen

stehen und wild zuckend in eine drohende Schwerhörigkeit taumeln.

Die schon lange angekündigte Party am Strand war gestern Nacht und noch dazu an meinem Strand, also praktisch vor der Tür meiner unscheinbaren Behausung. Tür auf, kleiner Spaziergang, Party. Als ich vor zwei Jahren das erste Mal auf die Insel gekommen bin, begann mein damaliger Urlaub ebenfalls mit einer Fiesta an eben diesem Strand. Seinerzeit habe ich der Party und dem Surfcamp spontan fünf Sterne gegeben. Dieses Mal sind annähernd doppelt so viele Leute dort. Keine Touristen, nur Locals und Freunde von Freunden von Freunden. Schon auf dem Weg zu meinem Häuschen und dem damit verbundenen notwendigen Wegsperren von Dolly, kommen mir massenweise Leute entgegen, die erst mal in die falsche Richtung fahren. Der Beweis, für die Abgeschiedenheit von Casa Maria und dem schlechten Orientierungssinn angetrunkener Menschen. Ich schnappe mir ein Bier, werfe meine dickste Jacke über, die obligatorische Wollmütze, die mir bereits fast am Kopf angewachsen ist und krame in meiner Schublade nach der Taschenlampe. Irgendein Trottel hat den Strommast vom Nachbarn umgefahren, die Kabel liegen mitten auf dem Weg und während ich schon über das Feld zum Strand laufe, höre ich wüste spanische Flüche, die wohl alle dem Fahrer und jedem, der noch danach über den Mast gefahren ist gelten. Ein anderer Trottel ist der Meinung, dass wiederum nur ein weiterer Trottel auf die Idee kommen kann, genau dort einen Strommast aufzustellen. Dass ich selber vor zehn Minuten den Weg genommen habe und noch dazu abhängig von eben diesem Strommast bin, macht es nicht besser. Ein ziemlich zerzauster, sehr verschlafener Paco springt durch die Szene und sein wenig amüsierter Gesichtsausdruck macht für mich nun auch von Weitem einen Sinn. „Was soll's?" denke ich und gebe Gas. Über mir wieder dieser unerhörte Sternhimmel. Im Licht meiner 1,50€ Drogeriemarkt-Taschenlampe marschiere ich über das unwegsame Gelände. Gut, dass ich es bei Tageslicht bereits abgelaufen bin. Man sieht die Hand vor Augen nicht. Je näher ich komme, desto mehr Autos erkenne ich und auch die Bässe der Musik kann ich bereits hören. Fast falle ich über den Generator, der das ganze Geschehen mit Strom versorgt. Es wäre nur gerecht, denn immerhin habe auch ich nun keinen Strom mehr. Zugunsten meiner eigenen Belustigung verzichte ich jedoch auf Gerechtigkeit. Ich nehme einen übergroßen Schluck (nicht den letzten für heute Nacht) von meinem Mahou Clasica und wage den Abstieg über die Vulkanfelsen. Die Taschenlampe klemme ich mir dafür zwischen die Zähne. Nicht ganz ungefährlich, wenn man nichts sieht und noch dazu bereits leicht angetrunken ist. Schon sehe ich mich mit einem restlichen Schneidezahn und einer zwischen Ober- und Unterkiefer verkanteten Taschenlampe, da bin ich unten. Lampe und Zahn sind nichts zugestoßen. Trotz der Musik, des Stimmengewirrs und der vielen Menschen, höre ich die Brandung. Die Kulisse ist fantastisch. Eine kleine Bucht umgeben von Felsen und Steinen. Die Bar in einem kleinen Felsvorsprung, der DJ auf einem Steinpodest. Das hatten wir schonmal. Jemand hat eine Leinwand aufgestellt.

Eine Lichtinstallation taucht die „Tanzfläche" (feinen schwarzen Sand) abwechselnd in die unterschiedlichsten Farben. Ein weiterer Lichtkegel beleuchtet die Brandung und in Abständen von mehreren Minuten kann man deutlich die Wellen erkennen.

Das Lagerfeuer sorgt dafür, dass ich mich sehr schnell meiner viel zu dicken Jacke entledige. Ich geselle mich zu Jen und ihren Leuten (Reiseleiter und angehende Surfer), wechsle aber immer mal wieder in Richtung Raquel und lerne zu fortgeschrittener Stunde mehr und mehr Leute kennen.

Mit einem anderen Typen tausche ich Nummern aus. Ich brauche Buddys und freue mich über Gesellschaft am frühen Morgen. Mittlerweile habe ich ordentlich einen im Tee und spreche nur noch Spanisch.

In meinem Gehirn muss es einen Ort geben, der sich in Sachen Sprachabforderung immer nur dann aktiviert, wenn ich Alkohol getrunken habe.

Irgendjemand kommt und malt meine Nase mit phosphoreszierender Farbe an. Damit bin ich nicht die Einzige, wahrscheinlich aber gerade die, der es am egalsten ist. Die Leute sind gut gelaunt, trinken, lachen und tanzen. Die klare, kühle Luft und das große Lagerfeuer heben sich gegeneinander auf. Hier und da riecht man Haschisch. Wieder so ein Klischee.

Ein großer Dobermann rennt mich fast über den Haufen. Er ist so schwarz wie die Nacht und der Sand, auf dem er läuft. Mit einem dunklen WUFF, lässt er mich wissen, dass ich in seinem Tanzbereich stehe.

Ich halte mich bei Elias, dem Barkeeper meiner Bar, und seinen Jungs auf und lasse mich zu fortgeschrittener Stunde und weiterhin ansteigendem

Alkoholpensum auf eine Knutscherei mit Ersterem und exklusiverweise Einzigem ein. Netter Typ, mega lustig, eine Energie wie ich sie liebe, positiv, cool aber nicht das, was ich mir unter einer Herzensangelegenheit vorstelle. Hier funkt vorerst nur das Lagerfeuer.

Mit einem Blick in die Runde stelle ich zudem fest, dass sich ein paar wirklich interessante Männer auf der Insel aufhalten. In jedem Fall heute Abend, hier.

Auf dieser Fiesta sehe ich mit einem Schlag mehr hübschem charismatische Männer als auf 12 Veranstaltungen in 4 Jahren Berlin. Wer von den betreffenden Jungs noch zu haben ist, werde ich sicher noch herausfinden. Heute aber wahrscheinlich nicht, denn so wirklich „verfügbar" bin ich ja nun nicht mehr. Der ein oder andere interessiert mich.

Den interessanten Mitarbeiter von Andea, der nicht wissen darf, dass er interessant ist, habe ich bisher noch nicht erblickt. In diesem Moment bin ich außerdem mit dem Barkeeper unserer Nachbarbar, in den ich nicht mal ein klitzekleinenbisschenverliebt bin in einen Kuss versunken, der mich sicher die ein oder andere Chance heute Abend kostet. Leider bin ich so blödblau, dass sich außer dem wundersam erwachten Sprachezentrum nicht mehr viel auf meiner Mattscheibe befindet. Ich kann wohl von Glück sagen, dass ich noch niemanden in den mir gerade jetzt zur Verfügung stehenden Sprachen erzählt habe, dass ich quasi willenlos bin. Bevor ich auf die blöde Idee komme, genau das zu tun, mache ich mich mit meiner Taschenlampe und einem Rest Verstand auf den Heimweg. Wenn ein Auto hinter mir ist, reiße ich mich kurz zusammen, ansonsten laufe ich wohl eher über-

als nebeneinander. Der Heimweg erscheint mir sehr kurz. Gottseidank ist mir mein „Ausrutscher" und auch sonst niemand gefolgt und ein weiteres Gottseidank dafür, dass mich keiner der vorbeifahrenden Autos mitnehmen will. Ich steige verkehrtherum in meine Schlafkuschelflauschhose (das bemerke ich am nächsten Tag) und falle in einen tiefen, traumlosen Schlaf. Im Moment des Aufwachens geht es mir wie beschrieben. Mein Kopf fühlt sich an wie ein Glockenturm um 12 Uhr mittags. Alles klingelt, kracht und scheppert. In der Ecke des Gehirns, indem gestern Nacht noch mein Sprachenzentrum auf Hochtouren gelaufen ist, blinkt jetzt die Lampe „CLOSED". Zudem schaltet sich das räumliche Denkvermögen dazu und lässt mich zu dem Schluss kommen, dass ich gestern schon irgendwie auf meine eigene Art für Gesprächsstoff gesorgt habe. In einem sehr überschaubaren Umkreis. Ich sehe mich bereits als Riesenknutschstarschnitt an allen Litfaßsäulen von La Pared und Costa Calma kleben und werde einfach ab heute nie wieder aufstehen. Ich bin ein bisschen weinerlich, übellaunig und möchte sofort sämtliche gesunden Lebensmittel in mich hineinstopfen.
Allen voran eine große Artischocke. Für die Leber. Hab ich mal gelesen, In mehr oder weniger großen Abständen schlafe ich bis um 13:30 am Nachmittag. Die singenden Spanier- oder doch Mexikaner- vor meinem Hof gehen mir tierisch auf den Keks und ich muss sowieso DRINGEND!!!! Los. Erstens etwas Gesundes essen und zweitens zur Arbeit. Letzteres erfüllt mich nicht gerade mit Freude, noch dazu dreht

sich alles mit, wenn ich mich drehe. Drehen verboten. Ich erhoffe mir baldigst Ausnüchterung.

Ziemlich desorientiert und um die Wirkung von Restalkohol wissend, steige ich- nachdem ich mich zwanzigmal vergewissert habe, dass ich auch wirklich nicht mehr schlafen möchte (Entscheidungen treffen, fällt mir heute sehr schwer) in mein Auto. Dolly soll mich so schnell es geht in ein vernünftiges Steakhaus fahren. Da ich a) Elias heute nicht begegnen möchte und b) Sonntag ist, bleibt mir ein Umkreis von gerade mal 1,5 km. Weil es kein vernünftiges Steakhaus gibt, entschließe ich mich für Inges Bratkartoffelstübchen. Inge selbst wirbt mit dem Slogan „Futtern wie bei Muttern". Bevor ich mich für dieses urdeutsche Etablissement entscheide, habe ich selbstverständlich weitere Optionen in Betracht gezogen. Tapas Bar zu, und in dem einzigen Restaurant im besagten Umkreis tanzt ein bescheuerter Animateur mit betrunkenen Touristen. Bei meinem Brummschädel heute DAS NO GO des Tages.

Also ab zu Inge. Ein Paar Fußball Prolls aus der ehemaligen Heimat haben sich um den einzigen Fernseher versammelt, der auch so das Kommunikationsmittel Nr. 1 in der Runde darstellt. Tatsächlich ist ein Fernsehgerät häufig das Mittel der Wahl in den hiesigen Restaurants und Bars. Er ist das zur Verfügung stehende Mittel, wenn einem die Gespräche ausgehen oder man seinen Tischnachbarn nicht mehr ertragen kann. Dummerweise lenken bewegte Bilder aber auch in guten Momenten von solchen ab. Beispiel Spinne. Da sitzt man mit seinem Traummann im Sonnenuntergang auf den Malediven, ist in gute Gespräche und einen noch besseren Wein vertieft und dann kommt da diese kleine Spinne über das blütenweiße Tischtuch gelaufen. Ob Kellner, Traumpartner oder man selbst. Niemand interessiert sich mehr für die Malediven. Wer sich jetzt bewegt, hat die Aufmerksamkeit auf seiner Seite. Prinzip TV. Zurück zu Inge und meinem Hunger und den Fußballheinis. Alle Anwesenden haben sich heute hier nicht viel zu sagen. Traurig, aber gerade habe ich keinen Kopf, um mir darüber auch noch einen zu machen. Der simple urmenschliche Drang nach Nahrungsaufnahme beherrscht meinen Zustand. Ich beschließe meine Bestellung auf Spanisch aufzugeben und ernte einen unverständlichen Blick. Wir sind hier bei INGE. Hat aber Spaß gemacht. Mit einem Blick auf die Uhr stelle ich fest, dass ich nur noch verdammte fünfzehn Minuten Zeit habe, bis das Essen in meinem Magen angekommen zu sein hat. Ich hypnotisiere Inge und bete um Quantensprünge in der Küche. Drei Minuten vor Beginn meiner Schicht hetze ich mit Inges Fleischmesser und meinem Essen rüber zu Dolly und schlinge runter was geht in jetzt nur noch zwei Minuten. Jetzt habe ich nicht nur einen Brummschädel und ein weiteres Exemplar für meine Messer-sammlung, sondern auch noch einen ziemlich aufgewühlten Magen. Der Rest des Tages bleibt eine Katastrophe.

Montag, 19.03.

Es geht mal wieder in den Norden.
Andrea und ich beschließen spontan, einem meiner
liebsten Strände einen Besuch abzustatten. Irgendwer
sagte was von einem Riesenswell. Für wen nochmal
genau? Wir fahren dennoch. Das heißt, wir fahren erst
mal nicht, denn zunächst mal muss Andrea zu mir
fahren, damit ich fahren kann. Dolly steht saft- und
kraftlos in der Ecke und sagt keinen Mucks.
Herzmassage. Mein Vertrauen ist größer, als meine
„mütterlichen" Sorgenfalten und nachdem ich
festgestellt habe, dass das spanische Vater Sohn
Gespann aus meiner Nachbarschaft auch nicht mehr
weiß als eine Barbie ohne Ken, wünsche ich mir
umgehend eine Stadtteilbibliothek mit einem
brauchbaren Mechatronik Lexikon herbei. An den
Nägeln kauend setze ich mich erst mal wieder HIN.
Bis Andrea auf dem Hof ankommt vergehen weitere
fünfzehn Minuten. Fünfzehn Minuten neben einer
Leiche.
Andrea schwenkt ihr First-Aid-Warndreieck-
Starterkabel-Set, als sei es ein Defibrillator.
Ich fühle mich kurz mal wieder wie in Emergency
Room. Nur dieses Mal ohne Dr Douglas Ross. Dolly
nimmt den Kraftschub von der anderen Energiestation
dankend an und unser kleines Gespann kann sich
bereits wenige Minuten später in Bewegung setzen.
Da man einen Herzinfarktpatienten nicht gleich wieder
auf die Tartanbahn schickt, lassen wir es gemächlich
angehen und fahren mit zwei Autos Richtung Strand.
Dollys Batterie muss sich schließlich wieder aufladen.

Das weiß ich auch ohne Fachliteratur. Nach einem Blick auf Playa Blanca, der - still ruht der See - daliegt, entscheiden wir uns ohne weitere Umwege für Flagbeach. Leider sind wir nicht die Einzigen, die heute auf diese Idee gekommen sind und so teilen wir uns die Welle des Tages mit dreizehn Schülern einer Surfschule, sowie den beiden Surflehrern, die auch gleichzeitig die Väter unserer beiden Boards sind. Wir haben sie in der Surfschule bzw. dem dazugehörigen Shop gekauft. Und so sitzen wir im Line Up und freuen uns über die nichtvorhandene Reihenfolge im Run auf die schönsten Wellen. Erstaunlicherweise kommt dabei niemand zu Schaden. Ich halte mich ein wenig fern von der Gruppe. Fliegende Bretter können sehr wehtun. Zumal meine Surfkünste auch nicht besser sind. Ich erlausche mir dankbar jeden Tipp der Jungs und fahre am Ende mit ein paar wirklichen Erfolgserlebnissen zur Arbeit.

21.03.2007

Hinter mir liegen zwei Tage Vertretungszeit in einem anderen Shop und die Gewissheit, dass ich kein Typ für fünf Sterne Etablissements bin. Das stelle ich fest, als ich vorgestern in einem Hotel mit eben dieser Besternung meinen Laden für die nächsten zwei Tage übernommen habe. Irgendwie liegt es mir nicht, zwischen auf Mindesttemperatur heruntergekühlten Klamotten, so zu tun, als ob ich mich für tolle Windsurfmarken interessiere, die man im Hochsommer trägt. Fünf Sterne stehen hier für das gleichnamige Fach im Kühlschrank. Es ist arschkalt vom Erdgeschoß bis unters Dach. Und so bin ich froh, dass ich ab morgen wieder in meinem Laden stehe und das ganz „normale" Laufpublikum bedienen kann.

Ohne Wollsocken und Teene-Weanie-Beanie.

Verglichen mit meinem sonstigen Dasein auf der Insel und der eher kargen Umgebung, in der ich mich üblicherweise aufhalte, ist dieser Zwischenstopp in die Welt der Reichen und Gekühlten irgendwie surreal.

Es ist, als hätte ich durch ein Schlüsselloch geschaut und am anderen Ende etwas erblickt, was mir nicht so gut gefällt, wie zum Beispiel ein sportlicher, nackter Mann mit nassen Haaren und einem Handtuch um die Hüfte. Hotels strahlen auf mich eine Sicherheit und Bodenständigkeit aus, die ich derzeit gar nicht möchte. Es ist genau das, was mich eben nicht nach Fuerteventura gezogen hat. Ich denke an Koffer, Flugzeuge, ja auch an eine große Liebe.

Ein Hotel ist irgendwie immer wie eine Insel für mich. Eine Plastikinsel auf der Insel, die so gar nicht aus Plastik ist. Es hat die Wildheit meiner Wahlheimat kurz unterbrochen. Mein windschiefes Häuschen, den Sand in den Haaren, der raue Wind am Morgen, das Salzwasser in der Nase, die derbe Party vom Wochenende. Der Laden an der Ecke.

Kurz habe ich mich gefühlt, wie jemand anderes, der auf mich herabsieht. Vielleicht fehlt mir aber auch einfach bloß das Surfen. Die letzten zwei Tage habe ich neben dem Bereisen eines anderen, viel kälteren Universums ausschließlich mit Essen und Nichtstun verbracht. Die Bedingungen waren denkbar undenkbar und noch dazu so schlecht, dass mir nichts anderes übrigblieb, als wieder einmal den Windsurfern beim Windsurfen zuzuschauen. Ich freue mich auf morgen und ganz egal was passiert. Ich bin um 7:00 an meinem Strand und begrüße den Tag so, wie es sich gehört.

25.03.2007 22:00, Zeitumstellung auf Sommerzeit

Die Gezeiten haben mir einen Strich durch die Rechnung gemacht. Ich habe den besagten Tag, der heute auch schon wieder um vier Tage zurückliegt, erst wesentlich später begrüßen dürfen. Das kommt davon, wenn man zwar motiv-, aber uninformiert ist.
Es folgen einige sehr wellenfreie Tage, in denen ich mit Andrea einen „ausgeklügelten" Trainingsplan erstelle, der zumindest das Thema Bewegung täglich einschließt. Yoga, Schnorcheln, Schwimmen, Joggen. Was wollen wir nicht alles tun, um so richtig sinnfrei fit zu werden? Und vor allem, was denken wir, passiert mit unseren Körpern, nachdem wir eine Woche am Stück alle erdenklichen Sportarten- die auch alle nicht wirklich zusammenpassen- durchgeturnt haben? Übersprungshandlung, weil sonst nichts passiert, oder schon destruktiv aktionistisch? Man darf das nicht falsch verstehen. Sport gehört zu meinem Leben, seit ich denken kann und ich kann mir nichts Schrecklicheres vorstellen, als unbeweglich und untätig rumzusitzen. Der Profisurfer Sam George hat mal gesagt: „Ich komme in wesentlich besserer Verfassung aus dem Wasser, als ich hineingegangen bin und wenn ich dieses auf mein Leben übertrage und

ich bin ein besserer, fröhlicher Mensch, dann kann ich sagen Surfen ist gut für die Gesellschaft."

Und trotz dieses wuchtig, pathetischen Spruchs 5.0 hat er auch ein bisschen Recht. Auch ich bin heute glücklich gewesen, als ich endlich mal wieder für einen kleinen Moment ein Board unter den Füssen hatte. Es ist magisch, befreiend, umwerfend. Und wenn ich dieses Gefühl schon habe, wenn ich nur ein Stück gefahren bin, geradeaus, nur ein wenig mehr als auf dem Bauch liegend, was wird mich erst erwarten, wenn ich im Stande bin an einer Wellenwand entlangzufahren, meinen Finger in das Wasser zu halten und die Welle von innen zu betrachten? Heute bin ich der festen Überzeugung, dass sich ein kleiner Teil vom Sinn des Glücks im Inneren der Welle befindet. So wie eben am Ende des Regenbogens ein Topf voll Gold stehen soll. Vielleicht ist es so. Übermorgen weiß ich mit Sicherheit, dass der größte Teil des Glücks auf Erden mit etwas ganz anderem zu tun hat. Aber so viel sei verraten: Im weitesten Sinne geht es immer um Regenbögen, Wellen, Einhörner und Meerjungfrauen.

Seitdem ich auf Fuerteventura angekommen bin, stehe ich jeden Morgen mit einem totalen Glücksgefühl auf. Man muss sich das so vorstellen, wie ein dezenter Dauerrausch. Aus einem Film weiß ich, dass der norwegische Psychiater Finn Skårderud eine These vertritt, dass einem- würde man einen konstanten Alkoholpegel von 0,5 Promille halten- nichts weniger, als das ganze Leben leichter fiele. Angefangen von einem erweiterten Kreativitätspotential, bis hin zu einer gesteigerten Produktivität. Wenn ich an einen dauerhaften Alkoholpegel von wieviel Promille auch immer denke, werde ich vor allem eins: Sehr müde.

14.07.2021

Ich bleibe dabei. Bisher gibt es keinen Tag, an dem ich unzufrieden oder miesgelaunt bin. Glückliche Gesichter, Lebensfreude und Zufriedenheit, Sonne, Meer und Strand. Wie nah das alles beieinander liegt, weiß man erst, wenn man mittendrin ist. Trotzdem bleibt zu erwähnen, dass nicht alles automatisch besser wird, wenn man seinen Standort verlegt. Man kann auch auf den Seychellen mit seinen Launen zusammenkrachen. Ich sehe in den Himmel, ich fasse die Sterne an, bewundere die Möwen, wie sie über die Klippen fliegen, höre das Geräusch der Brandung an einem frühen Morgen, rieche den Regen, bevor er da ist und spüre den Wind, der sich so oft am Tag dreht, dass den wenigen Palmen, die es hier gibt, schwindelig wird. Ich liebe mein Leben. Ich bin dankbar, dass ich all das erleben darf, dass Erfolg und Stadt, Hektik und Geld in diesen Momenten keine tragende Rolle mehr für mich spielen. Ich bin dankbar für diese zweite Chance und dafür, dass seinerzeit im Krankenhaus meine Kerze noch nicht ausgegangen ist. In den letzten Tagen habe ich viel nachgedacht und beobachtet, an mir runtergesehen, mir über die Schulter geschaut und nach vorn geblickt

Heute ist Donnerstag.

Donnerstag ist Ausgehtag.
Das wusste ich bisher nicht. Ich schließe mich aber
gerne an und mache mich auf den Weg.
Als erstes treffe ich Daniel wieder, den netten Typen,
der mir auf der letzten Beachparty seine Nummer
gegeben hat. Er wollte mit uns surfen gehen.
Irgendwie muss das untergegangen sein. Wir verab-
reden uns für den Austausch von Surfvideos und
verbleiben mit einem losen Date auf dem Wasser.
Ich bin ziemlich gut darin mich sommeridiotisch
anzuziehen und so kommt es, dass ich heute Abend
zum wiederholten Mal die Einzige mit Flipflops bin.
Dass es dafür eigentlich ein paar Grad Celsius zu kühl
ist, bemerke ich leider erst, als es dafür bereits zu spät
ist. Ich sitze schon im Auto und habe das Grundstück
bereits verlassen. Wie auch sonst gilt es einige
Hindernisse zu überwinden, um vom Hof auf den Weg
vor dem Tor zu gelangen. Nur dieses Mal im
Nachtmodus. In jedem Fall ist es etwas, was man nicht
zweimal braucht, wenn man es mit etwas Glück einmal
gut geschafft hat. Hier die chronologische Reihenfolge:
Außenbeleuchtung an, Auto aufschließen, mit Auto
zum Tor vorfahren, Außenbeleuchtung ausmachen,
Tor öffnen, dabei - dieses Mal- IM Auto sitzend Hunde
ablenken (in diese Richtung funktioniert das Manöver
umgekehrt), Auto rausfahren, Tor schließen, hoffen,
dass alle Hunde drinnen sind, Hunden winken,
LOSFAHREN. Ihr wisst ja: Die Sache mit den
Würstchen. Es klingt so einfach, aber man macht das
nur im Notfall zweimal. Macht man es ohne Auto (sich

von außen nach innen teleportieren), verwirrt man die Hunde unnötig und provoziert unter Umständen einen aufgeregten mittelhohen Karnivoren, der nicht mehr weiß, dass es mich auch ohne Auto gibt und der daher in den Verteidigungsmodus umschaltet. Einmal aus dem Haus, muss die Frisur sitzen.

Die Mädels in Pumps ergeben heute zahlenmäßig die Mehrheit. Quantität geht aber auch hier mal wieder nicht zwangsläufig mit Qualität einher. Pumps in einer abgetakelten Surfbar? Ich fühle mich in meiner Minderheit wesentlich besser und auch sicherer aufgehoben. Bei dem Untergrund ist der Knöchel nicht mehr als eine sichere Sollbruchstelle. Obwohl: Es gab mal eine Zeit, da bin ich nur in hohen Hacken aus dem Haus gegangen und habe damit sogar eine Körpergröße von 1,85 und mehr in Kauf genommen. Das bedeutet nicht, dass die Hacken so hoch waren, sondern, dass ich mit 1,73 auch nicht gerade zu den Kleinsten gehöre. Ich wäre sogar mit Pumps über Kopfsteinpflaster Marathon gelaufen.

Ich halte also meinen Mund, bzw. meine Gedanken. Da die meisten Männer- zumindest die, die ich kenne- kein Gardemaß von 1,90 aufwärts haben, werde ich beim Tragen von hohen Schuhen automatisch zu einem Special Interest Case bei der Partnerwahl.

Ich treffe noch ein paar bekannte Gesichter, beschließe aber den Abend vorzeitiger als geplant zu beenden, weil ich mir die Kopfschmerzen des Folgetages gern ersparen möchte. Auf dem Rückweg freue ich mich darüber, dass ich nicht mehr die „Neue" bin und einen gewissen Wiedererkennungswert (auch ohne hohe Schuhe) mitbringe. Übersetzt bedeutet das, dass ich froh bin, so schnell Anschluss gefunden zu haben.

Freitag.

Da an Frei- und Samstagen auch meistens irgendeine Veranstaltung stattfindet, kann ich mich heute über die Einladung zu einer „Privatparty" freuen. Persönlich kenne ich die Einladende nicht, stehe aber dennoch auf der Liste, weil Andrea über sieben Ecken irgendwann mal Annes – so heißt die Feiernde-Bekanntschaft geschlossen hat und sowieso auch schon viel länger hier ist. Anne feiert heute ihren Abschied. Ich finde das zunächst sehr traurig, erfahre aber im weiteren Verlauf des Abends, dass sie vom Süden der Insel in den Norden umzieht, also von Berlin Reinickendorf nach Berlin Schönefeld. Das ist dann doch nicht ganz so tragisch. Für alle Anwesenden bedeutet es jedoch, dass sie sich demnächst für immerhin eine Stunde ins Auto setzen müssen, um ihre Freundin zu besuchen. In Anbetracht dessen, dass die Bewohner der Insel immer ihre Schlafsäcke und einen ausgeklügelten Übernachtungsplan vom Süden mit in den Norden nehmen, wenn sie denn diesen „irre weiten Weg" bestreiten, begreift man die Tragik hinter dem Umzug dann doch noch irgendwie.
Neben neuen Gesichtern sehe ich auch wieder sehr viele neue Hunde. Große Hunde, kleine Hunde, dicke Hunde, dünne Hunde, plüschige Hunde, borstige Hunde, fransige Hunde, niedrige Hunde, blonde Hunde, braune Hunde,…

Einen Hund zu haben, gehört hier irgendwie dazu.

Ich habe NOCH keinen Hund und fühle mich deswegen manchmal nicht vollständig. Außerdem gefällt mir das Bild des treuen Vagabunden, der mich an den Strand begleitet, Abends an meinem Fußende gähnt und morgens so tut, als sei ich in der Nacht aus Afghanistan zurückgekehrt. Nur Hunde haben ein solch krasses Kurzzeitgedächtnis, dass sie sich wirklich nach jeder Sekunde Abwesenheit freuen, als hätten sie ein erstes Date mit Dir.

Ich sehe ein paar bekannte Gesichter. Elias ist da.

Zum Glück hat unsere Komaknutscherei vor dem Lagerfeuer nicht zu einer bescheuerten Fortsetzungs - Schundroman- Vorlage geführt, bei dem der eine den anderen beleidigt ignoriert oder ihm anstrengend nachstellt. Es gibt sie also doch noch, die unverbindlichen Momente. Elias erzählt mir, dass er bald nach London geht. Für jemanden, der erst bald aus Berlin auf die Insel gekommen ist, erstmal nicht nachzuvollziehen. Und auch wenn wir jetzt nicht das neue Supercouple geworden sind, finde ich es schade, dass er sobald die Insel verlassen wird. Ich mag seine lebenslustige, offene Art.

Da ich ein echt mieses Namensgedächtnis habe, weiß ich die Namen derer, mit denen ich am Abend gesprochen habe, heute nicht mehr. So viel zum Thema Kurzzeitgedächtnis und erste Dates. Ich weiß nur, dass es mir mein Alkoholkonsum heute erneut ermöglicht, mich am Grundwortschatz verschiedener Sprachzonen zu bedienen.

Lokal bezieht sich dieser derzeit überwiegend auf die spanische Bekleidungsindustrie. Zwischen den

Konversationen und dem Nippen an meiner einen Bierflasche, an der ich mich den gesamten Abend festhalte, besichtige ich das Haus. Wobei dieses eher den kleinsten Teil der Gesamtgrundfläche ausmacht. Wirklich beeindruckend ist der Garten. Ich mag die Details an den Zäunen, Toren, auf den Wegen. Überall sind Wellen und Motive eingekratzt, geschnitzt und geritzt. Ein bisschen erinnert mich das Gesamtkonstrukt an das Surfhostel in Kapstadt, in dem ich mit Caro seinerzeit untergekommen bin. Sehr beeindruckend finde ich auch den Kicker, um den sich heute -wie sonst eigentlich immer nur um Küchentische- alle Anwesenden versammeln. Das liegt wahrscheinlich auch daran, dass es keinen Küchentisch gibt. Das Haus selbst ist klein, aber sehr schön eingerichtet. Stein, Holz und fetzige Farben. Mit den pinken Highlights in meiner Hütte kann es lässig mithalten. Schockverliebt. Das Einzige, was fehlt ist ein störungsfreier, schwarzer Himmel über allem. Das Haus liegt in unmittelbarer Nähe zu einer Straße, deren Beleuchtungskonzept so gar nicht zu der Idylle passen möchte. Im Geiste stemple ich mit dem Photoshop Stempelwerkzeug die Straßenlaternen weg und addiere ein paar Sterne hinzu. Auf lange Sicht wäre ich hier wohl auch weggezogen. Die Partygäste passen alle gut hier hinein. Friedlich feiernde Menschen, die Bier trinken, von der letzten Welle erzählen, ein bisschen trommeln und den anwesenden Hunden ab und an ein paar Happen vom Barbecue hinwerfen. Nur mein Traummann ist auch hier wieder nicht zu sehen. Bisher hat er mich noch nicht gefunden oder ich ihn oder wir uns. Es gibt zwar ein paar sehr interessante Männer auf der Insel, von denen ich mir schon auch ein Erscheinen erhofft hatte aber wie bereits erwähnt sind diese entweder bereits zu zweit oder ebenso bindungsunfähig wie ich. Zudem gerade nicht hier. Ich bin dennoch glücklich. Mehr als jemals zuvor, bin ich davon überzeugt, dass es hier Jemanden gibt, der genau zu mir passt und der auch genau zu mir passen möchte. Es eilt nicht und wenn ich ehrlich bin, finde ich auch alles gerade ganz entspannt und gut, wie es ist. Irgendwann taucht er schon auf.

Ganz unverhofft—und bleibt...so wie ich. Das Märchen mit dem weißen Pferd und dem Prinzen passt eh nicht zu mir und so lange Haare wie Rapunzel habe ich auch nicht. Es wird wohl eher eine bodenständige Geschichte ohne Gaul und dicke Brosche.

Einen Tag später und einen Tag kälter.

Das Wetter hat sich schnell und unverhofft- ganz so wie es auf Inseln üblich ist- geändert. Es regnet und die Temperatur ist merklich gefallen. Ich mag heute noch nicht gleich nach Hause fahren, auch wenn das warme Bett mich eher reizt als ein weiteres Ausdehnen meines Surf Ausfluges. Trotzdem setze ich mich nach dem Surfen noch mit einem Kamillentee in meine Bar, bevor ich den Heimweg antrete. Kamillentee muss man mögen. An den letzten beiden Tagen gab es wirklich schöne Wellen. Also Wellen, die MEINEM Anspruch gerecht werden. Ich hatte gute Take Offs und noch bessere Fahrten und das, obwohl ich mir La

Pared ausgesucht habe. La Pared ist der Strand, der mir ortsmäßig am nächsten liegt.

Da er sich an der Westküste befindet, ist es aber auch der Strand, der mir in Sachen Herausforderung am weitesten voraus ist. Die Wellen sind hier immer etwas rougher, tougher und größer. Da die Westküste der Insel dem offenen Ozean zugewandt ist, liegt diese Gesetzmäßigkeit auf der Hand. Heute bin ich einfach nur selig aus dem Wasser geschwebt und mit einem glücklichen Grinsen zur Arbeit geflogen. Mir fehlt es vor allem an Selbstvertrauen. Wenn andere – scheißegal, was kommt- jeden Wellenberg anpaddeln, warte ich lieber so lange, bis ich glaube zu meinen, es könnte passen. Manchmal glaube ich zu lange und der Tag ist rum. An Tagen, an denen ich weniger lange geglaubt habe zu meinen, fühle ich mich dann sehr über mich selbst hinausgewachsen. So ist hier jeder Tag eine Lektion. Für mich, über mich, über meine Ängste, über meinen Mut. Und es fühlt sich gut an, eigene Grenzen zu überschreiten. Zum Glück benötige ich dafür nur ein Surfboard und kein Bungeeseil oder einen Formel 1 Rennwagen mit Raketenantrieb.

30.03.2007

Jetzt bin ich schon über vier Wochen hier und seit gestern offizielle Bürgerin der Gemeinde Pajara. Dafür musste ich mich im Ayuntamiento (Gemeindeamt) melden und das Empadronamiento (Anmeldung) beantragen.

Bis ich dieses Wort aussprechen konnte, habe ich lange gebraucht. Hinter mir liegen zwei freie Tage. Einen davon habe ich im Norden verbracht und den anderen an meinem Lieblingsstrand in Jandia. Für meinen Tag im Norden bin ich um 7:00 aufgestanden und nach einem eher bescheidenen Frühstück (was mich daran erinnert, dass ich dringend einkaufen muss), über die Dörfer nach Puerto del Rosario gefahren. Diesmal wollte ich nicht zu spät sein- dann nämlich, wenn die Flut bereits aufgelaufen ist.
Also bin ich zwei Stunden nach Ebbe ins Wasser gegangen.
Ist die Ebbe weg und sei es auch nur für zwei Stunden, kommt die Flut und so habe ich mich zwischen den beiden Gezeiten mit einigen- für meine Verhältnisse ziemlich großen- Wellen auseinandergesetzt.
Auch habe ich den Swell unterschätzt. Die Dünung ist groß und komm aus Nordost.
Ich bin ganz alleine am Strand. Nur ein alter Einheimischer sammelt Treibholz und Müll aus dem Sand. Ab und zu setzt er sich auf die nahegelegene Kaimauer, raucht eine Zigarette und sieht mir beim Surfen zu. Ich muss zusätzlich mit einer ordentlich starken Strömung kämpfen, die mich kontinuierlich auf die Mauer und damit auf den Schoß des pausierenden Treibholzsuchenden treibt. Nach drei Stunden und viel Seetang um die Füße- die Flut ist bereits fortgeschritten und spült mir so einiges um die Ohren- fahre ich ins nahegelegene Einkaufszentrum, um einfach einmal sinnlos Geld auf den Kopf zu hauen. Zum Glück gibt es hier kaum Hardware. Auf diese Weise werden wenig Begehrlichkeiten für größere

Käufe geweckt. Ich beschließe mich mit kleinen Dingen zufrieden zu geben und schone damit gleichzeitig meinen winzigen Geldbeutel.

Da mir die Nichtshopperei irgendwann langweilig wird, fahre ich wieder zum Strand und sitze- jetzt bei Flut- wieder da, wo ich vorher saß. Diesmal leistet mir eine englische Familie Gesellschaft. Das heißt, die Kinder spielen in Neoprenanzügen in der Brandung und die Eltern arbeiten sich- wie ich- an den Wellen ab. Es ist erstaunlich, wie sich alles im Gegensatz zu heute Morgen verändert hat. Aus steilen Wellenbergen sind sanfte Hügel geworden. Lediglich der Wind hat zugenommen.

Ich mag diesen Strand nicht besonders.

Es ist einer dieser vielen Stadtstränden ohne natürliche Schatten am Horizont. In der Ferne sieht man die Kräne des nahen Stadthafens und wenn man ganz viel Pech hat, kann man ein geparktes Kreuzfahrtschiff am Horizont erkennen, was mit noch mehr Pech, sein gesamtes Diesel in den Hafen hustet. Der Sinn und Unsinn von Kreuzfahrten hat sich mir nie erschlossen. Viele Menschen fahren viele Seemeilen in einem viel zu großen Hotel durch die Gegend, essen, schlafen, werfen sich gegenseitig über Board und hören doofen Shows zu. Dabei sammeln sie viele Punkte auf ihrem negativen CO_2 Konto, geben einen Haufen Geld aus und lassen sich von schlecht angezogenen Mitarbeitern mit Kniestrümpfen diktieren, wie lange sie wo an Land gehen dürfen.

Dieser Strand wirkt wie eine verlorene Seele.

Nur selten verirren sich Menschen auf den mit Kieseln gespickten Sand, an dem ein paar windschiefe Mülltonnen als einzige Zeugen einer Zivilisation stehen. Das nahegelegene Restaurant steht leer und ist ein Relikt aus besseren Zeiten. Der Putz bröckelt ab und die Fensterläden sind schief und vom Wind zerzaust. Ein paar Einheimische joggen.

Ich schiebe mein Board vorsichtig zurück in die große Boardsocke (eine Socke für Bretter). Dann erst zwinge ich mich aus meinem nassen Neoprenanzug, quetsche mich durch seine vier Öffnungen und zerre an dem engen Gummi.

Der Wind hat zugenommen und reißt an allem, was ich versuche, festzuhalten. Fuerteventura- die Insel macht ihrem Namen heute wieder einmal alle Ehre.

Ich bin ein bisschen genervt, weil ich jedem Ärmel hinterherrennen muss. Mein Brot ist ebenso versandet, wie mein Handtuch. Dennoch beschließe ich meinen Mittagssnack hier einzunehmen und den Schülern einer Surfschule noch ein wenig bei ihren ersten Versuchen und Missversuchen zuzusehen.

Auch sie werden abgetrieben und der Lehrer hat Mühe sie alle zusammenzuhalten.

Ich fahre müde und schon wieder hungrig nach Hause. Am Abend beschließe ich auszugehen. Vielleicht treffe ich ja „jemanden" oder jemanden oder werde getroffen. Da sich weiter niemand bereiterklärt mitzukommen, gehe ich allein. Irgendwer wird schon vor Ort sein. Es ist Donnerstag und Donnerstag ist Ausgehtag. Meine Hütte kann <u>toll</u> -einsam sein und <u>einsam</u>- einsam sein. Heute ist sie mir <u>zu</u>- einsam.

Ich habe noch immer keinen TV und das einzige ungelesene Buch ist ein Thriller. Also rein in die Klamotten und ab in die Menschheit. In der Bar treffe ich als erstes den „Gutaussehenden" aus Andreas Bar. Sein Auto steht draußen, war eigentlich klar.

Er läuft gleich am Eingang auf mich zu. Irgendwie hatte ich ihn größer in Erinnerung. Ich ignoriere ihn wie gehabt, werfe ein paar verstohlene Blicke rüber, wenn ich sicher sein kann, dass er es nicht bemerkt, geselle mich zu den wenigen Menschen, die ich bereits kenne und beschließe einfach nicht weiter irgendetwas zu unternehmen. Das ist in den meisten Fällen doch das Beste, zumal ich zu müde bin für schlagfertige, bilinguale Konversation.

Ich kauderwelsche unkonzentriert ein bisschen spaneutsch mit den Rettungsschwimmerjungs von „meinem" Lieblingsstrand, rede kurz mit Raquel und mache mich nach einem Bier wieder auf die Socken. Das Bier bekomme ich von Eduardo einem Argentinier, der ein bisschen aussieht wie David Hasselhoff und noch dazu den gleichen „Job" (s.o) ausübt.

Auf meine Anmerkung, dass ich ein großes Bier möchte -die kleinen Flaschen fassen so etwa 150 ml und erinnern mehr an eine medizinische Notwendigkeit, als an ein Bier- stellt er mir die süffisante Frage, ob ich alles ein bisschen größer mögen würde. An manchen Stellen kann man mich auf Spanisch aber wirklich noch ausgezeichnet verarschen. Ich trinke aus und gehe. Der Gutaussehende ist ebenfalls bereits über alle Berge und auch Raquel hat die Location schon vor mir verlassen. Von Daniel, den ich am Anfang kurz gesehen habe, verabschiede ich

mich nicht mehr, da ich die Befürchtung habe noch vor der Verabschiedung einzuschlafen.
Ich möchte morgen surfen und muss noch so einiges erledigen.

03.04.2007

Mit ziemlich fettigen Chips in der Hand, stehe ich im Laden und sinniere. Die Chips tragen nichts dazu bei, dass ich schneller oder effektiver denke, sie füllen aber meinen Magen und machen meine Haare strähnig. Nach zwei Tagen im fünf Sterne Hotel -Vertretung die Zweite- bin ich nun froh, dass vor meinem freien Tag nur noch eine sechs Stunden Schicht in einem ganz normal temperierten Surfshop liegt.
Fünf Sterne Hotels haben erstaunlich viel gemeinsam mit fünf Sterne Kühlfächern. Aber das sagte ich ja bereits. Mir fehlt das Surfen. Achtundvierzig Stunden ohne ist wie Sommer ohne Sonne, Tisch ohne Stuhl, Grill ohne Steak, Maria ohne Paco...Ein Tag ohne Salzwasser auf den Lippen und Sand in den Haaren- für mich kaum noch vorstellbar. Was habe ich eigentlich vorher getan, wenn es mir „fad" war? Ich konnte mich nicht einfach auf mein Board legen und zerstreut sein. Hier ist alles wunderbar simpel. Raus aus der Laune, rein in die Natur. Zwischen S- Bahn Trubel und Stadtlärm, vergisst man nur allzu schnell, wo der nächste Baum steht. Die Welt dreht sich schneller in großen Städten, ist teurer und wegen der ganzen Rotation oft auch komplizierter.

Mein Tag war häufig ein Mix aus oberflächlichen Sorgen und selbstgemachten Problemen.

Und dann sitzt man da in seiner sündhaft teuren Wohnung mit seinen sündhaft teuren Möbeln und weiß nicht ein noch aus. Mit ein bisschen Glück scheint die Sonne und man weiß zumindest, dass man raus kann es aber wegen der Möbel oft nicht will. An den übrigen Tagen ist das Wetter in unseren mitteleuropäischen Breitengraden eher bescheiden und nervt mit seiner Unvorhergesehenheit.

Wohin also mit sich? Wohin mit all den guten Vorsätzen? Schirm oder nicht Schirm? Und wohin mit den sündhaft teuren Möbeln, die man nur in Extremsituationen wie diesen durchsitzen kann.

Es ist so leicht, werft sie ins Meer. --- die schlechten Gedanken. Die Möbel nicht. CLEAN OCEAN PROJECT Ich hatte ein großartiges Erlebnis in La Pared, vor drei Tagen. Der Wind war ablandig und der Swell kam aus Nordost. Kleine Wellen mit viel Schwung. Ich habe es tatsächlich geschafft im Stehen eine Welle zu fahren. Es war nicht eine von diesen halb vergurkten Dingern, auf denen man es gerade so schafft mit Ach & Krach noch den letzten Rest stehend zu fahren. Diese Welle bin ich von dem Punkt an dem sie gebrochen ist, bis zu dem Punkt, an dem sie ausgelaufen ist gestanden. Das war ziemlich großartig. Aber wie erkläre ich, was daran großartig ist auf einer Welle gefahren zu sein?

Stellt Euch Eure Lieblingspraline vor. Dazu ein guter Kaffee, eine kleine Kugel Eis, oder auch keine Kugel Eis. Auf jeden Fall aber ersehnt, im Gedächtnis bleibend. Noch mal haben wollend. Potential für mehr.

Noch ehe ich begriffen habe, was da überhaupt passiert ist, war es auch schon wieder vorbei. Ich habe furchtbar gegrinst und ich bin froh, dass auch an Tagen wie heute noch etwas von diesem Gefühl übrig ist. Nachdem ich gestern bereits verschlafen habe, heute auch nicht schwungvoller unterwegs bin und mich auch sonst eher unter dem Radar bewege, beschließe ich, dass mein Leben ab jetzt wieder etwas komplizierter sein darf.

Ich möchte mich mal wieder für jemanden interessieren. Es wird Zeit nicht andauernd nur an Wellen, Hundeleckerlies, Schaufenster und Donnerstage zu denken.

Es gibt bisher auch nur drei Hindernisse, die mich davon abhalten:

A) Ich habe eigentlich keine Zeit für eine Extraaufgabe von diesem Umfang

B) Der Typ hat bisher noch keinen blassen Schimmer, wer ich bin und dass ich überhaupt existiere und

C) Ich verpasse ihn ständig, werde ihn also auch aus ganz pragmatischen Gründen niemals kennenlernen.

Aufgeschoben ist ja nicht aufgehoben. Mal sehen, wie sich Unvernünftiges vernünftig umsetzen lässt

Vor uns liegt Ostern. Als freundliche Mieterin und netter Mitmensch, mache ich mir Gedanken, für wen man ein paar Hasen aufstellt versus Eier bemalt. Und macht man das in Spanien überhaupt? So richtig schlau geworden bin ich bisher nicht, was die Logik der hiesigen Feiertage und ihre Verteilung über das Jahr betrifft. Da sind zum einen diese ganzen Jungfrauen, die ständig für irgendetwas gelobt und angebetet werden. Verwirrenderweise lobt und betet man in jeder Gemeinde -es sind ganze sieben an der Zahl- an verschiedenen Tagen verschiedene Marien an und hat dann auch immer mal einen Feiertag, weil das ganze so anstrengend und feierlich ist. Wenn man Pech hat, startet man seinen Werktag in Pajara und landet unverhofft an einem Feiertag in Puerto del Rosario. Wie oft stand ich schon vor einem verschlossen Supermarkt, weil ich ein winziges sakrales Detail im Kalender der einzelnen Gemeinden übersehen habe. Nachdem ich überlege meine Maria und ihren Paco mit einem vorösterlichen Geschenk (einer Schachtel Pralinen) zu überrumpeln – Ich hoffe, die beiden sind nicht zum Islam oder den Zeugen Jehovas konvertiert- nachdem überhaupt irgendwie alles ein bisschen quer gelaufen ist, hat es mich heute in Jandia kurz mal zerrissen und ich habe heulend am Strand gesessen und Xavier Naidoo (eine der schlimmsten Sünden auf meinem Ipod aus dem Jahr 2005) über den Weltschmerz singen lassen. Und das kann er wirklich...Davor habe ich noch einen Mordssatz auf den Strand gemacht, der mich beinah Zähne und Board gekostet hat. Shorebreak:

Die Flut „knallt auf den Strand- Shorebreak mit ungeübtem Surfer: Die Flut knallt mit ungeübtem Surfer auf den Strand.
Wenn man ganz alleine an einem bewachten Strandabschnitt surft und sich auch sonst weiter niemand im Wasser befindet, wird man schnell sowas wie die „dicke Spinne an der Wand". Jeder schaut hin. Da aber keiner da ist, der bei den Scheißwellen irgendwo hin sieht, gibt es derer nur zwei und die müssen hinschauen: Und da sich Rettungsschwimmer üblicherweise und gottseidank eher langweilen, sind Wassersportler, die dämliche Manöver ausüben und sich dabei fast den Hals brechen eine willkommene Abwechslung im Einerlei des heute eher schlecht besuchten Strandes. Irgendwann war ich es dann aber leid schreiend Konversation auf bröckeligem Spanisch zu betreiben und mich für nicht vorhandene Wellen anfeuern zu lassen. Nach weiteren fünfzehn unsinnig versurften Minuten, habe ich mich dann an den Strand spucken lassen und mich aus meiner inzwischen total ausgekühlten Neoprenhaut gepellt, die aus Materialmüdigkeit inzwischen Kratzspuren auf meiner Haut hinterlässt. Während ich mir noch ein paar unglücklich eingeklemmte Kopfhaare am Klettverschluss des Neoprenanzuges ausreiße, wünsche ich mir den Sommer und mein Lycra herbei. Ich beschließe, mich noch einen Moment an den Strand zu setzen. Irgendwie doof, heute, alles.
So einsam, wie der Strand heute ist, so klamm fühle ich mich auch heute.
Ich vermisse meine Familie und Freunde in Berlin, schließe aber für mich aus, vorerst wieder dort zu

leben. Eigentlich möchte ich jetzt lediglich unter mindestens einem Umstand eine Weile vor mich hin leiden. Wenn man es genau nimmt, bin ich ja auch gar nicht allein. Hier am Strand gibt es zwei weitere Personen. Aktuell sind die beiden jetzt wieder auf sich gestellt. Die Spinne ist von der Wand gefallen. In meinem Job unterhalte ich mich immerhin viel über Bekleidung und in meinem kleinen Haus in La Pared habe ich ebenfalls Gesellschaft. Als ich heute früh mit meinem Board das Haus verlassen habe, habe ich in vier erwartungsvolle Augenpaare geblickt. Das eine wollte Thunfisch, das andere Aufmerksamkeit und die verbleibenden zwei meinen zehntausendsten Tennisball. Ich frage mich, was aus den anderen neuntausendneunhundertneunundneunzig Bällen geworden ist?!

Man kann und darf diese Art von Gesellschaft natürlich nicht mit menschlicher Gesellschaft gleichsetzen. Fürs erste gebe ich mich aber damit zufrieden, dass sich „irgendjemandes" Brustkorb in meiner Gegenwart hebt und senkt.

Morgen ist Donnerstag- Ausgehtag.

Ich frage mich, wen ich diesmal wieder NICHT dazu bewegen kann, mitzukommen, vor allem, was ich anziehe oder NICHT und ob ich es endlich hinbekomme das beginnende Objekt meines Interesses in meine Richtung zu lenken. Wenn es denn anwesend sein sollte. Im Grunde könnte ich auch morgen früh diesen ersten Schritt gehen. Ich weiß wo er um diese Zeit ist und Andrea wäre genau zu diesem Zeitpunkt auch dort. Gedanken allein materialisieren allerdings keine Kontakte.

Außerdem möchte ich morgen surfen und finde es irgendwie unpassend, diesem Wunsch nicht nachzugehen. Interessante Kontakte müssen also noch eine Weile warten. Sie gehören in wellen- oder lichtarmen Zeiten – also in den späteren Abend oder in die beginnende Flut. Wind wäre auch okay für mich. Morgen Abend wäre also eine gute Gelegenheit. Ist ja dunkel. WÄRE!

Am darauffolgenden Montag, also heute

...sitze ich - in Gesellschaft von Kalorien- in meinem Häuschen und komme zu nicht viel mehr, als dazu, diese zu konsumieren. Es würde mich wundern, wenn von der Nussmischung später noch etwas übrig wäre. Achja, wäre. Mit „wäre", meine ich einen leeren Parkplatz vor der Bar, die ich gestern angesteuert habe, sowie meine eigene Verfassung. Wäre bedeutet also im umgekehrten IST Zustand so viel wie NICHTS. Ich bin also mit NICHTS als Kopfschmerzen am Donnerstag in mein Häuschen zurückgefahren.
Klar, dass ich gut aufgebrezelt war, sozusagen „für alles gewappnet". Und genauso aufgerüscht habe ich mich dann auch wieder in meine Kissen zurücksinken lassen. Allein
Tags drauf sind Andrea und ich in den Norden aufgebrochen. „In den Norden gefahren" meint „wir haben Urlaub gemacht". vom Süden, von bekannten Gesichtern, vom Job, von verfusselten Hunden, die Tennisbälle stehlen, von Maria & Paco und von den Surfspots. Flucht nach vorn. Rein ins Abenteuer.

Da ich mir derzeit keine Urlaube oder Überfahrten auf andere Inseln leisten kann, zelebriere ich Ausflüge über die Insel mit einer Ernsthaftigkeit, die ihres gleichen sucht. Ich packe sorgsam, ich freue mich sorgsam und ich tue so, als würde ich verreisen, auch wenn wir uns eigentlich nur für eine Stunde und eine halbe in ein einigermaßen fahrbares Auto- nicht Dolly- setzen um an 70-100km entfernte Strände zu fahren. Ein bisschen Shopping ist meistens auch noch einkalkuliert. Mein Leben ist derzeit komprimiert, wie ein Spielteppich, auf dem sich die Feuerwache genau neben dem Fußballplatz befindet, dahinter der Friedhof und direkt daneben die Grundschule.

Ich spiele Urlaub, ich spiele Einkaufen und ich spiele Surfen.

Da ich nur spiele, bleibt das neue Surfboard im Laden und ich entscheide mich heute für eine Mütze und einen grell orangenen Hoodie aus dem Sonderangebot. Mit dem kann man mich auch nachts noch ohne weiteres von weitem erkennen.

Ich probiere es die Tage mal aus.

Nach einigen Tagen La Pared, ist es schön mal an einen anderen Strand zu fahren. Einen, von dem aus man bequem ins Line Up einsteigen kann, um dort auf eine Welle zu warten. Und damit meine ich auch steigen, nicht paddeln, nicht noch mehr paddeln und nicht paddeln bis zum Morgengrauen, sondern reinlaufen, aufs Brett legen und da sein.

Dieses Mal war es aber leider eine Spur zu bequem. Neben der Tatsache, dass die Wellenfrequenz recht sparsam daherkam, haben wir uns die wenigen Wellen dann noch mit einer Kindersurfschule geteilt.

Ich musste mich mit einer einzigen Welle zufriedengeben. Ich habe sie sehr genossen. Kindern Wellen wegzunehmen, ist in etwas so, wie einem Blinden den Gehstock wegzutreten. Es gehört sich nicht nur nicht, es ist zutiefst unmoralisch.

Wir haben die an diesem Tag eher wenig „beswellte" Ostküste hinter uns gelassen, um uns an der Westküste den Respekt abzuholen, den ich für heute schon abhanden geglaubt hatte. Wer in den Norden fährt, um in Cotillo zu surfen, kann auch gleich nach La Pared fahren und dort einen Benzinkanister in die Landschaft kippen. La Pared ist gleich Cotillo plus Spritkosten. In Cotillo angekommen werden wir – wie bereits sonnenklar- von riesigen Wellen und einer Dünung erwartet, die keine Fragen offen lässt, wer hier heute „Herr im Haus" ist. Wie klein ich bin... denke ich. Am Ende ist der Tag aber dennoch schön. Auch wenn wir wieder nur so dasitzen und uns klein fühlen und orange Pullis aus dem Schlussverkauf tragen. Wir sind glücklich.

Einen Tag später

...habe ich sie dann bekommen: Meine Wellen, die ich gestern im Norden gesucht habe. Ausgerechnet in La Pared. Ohne Benzinkanister. Es ist schwer zu beschreiben, wie cool es ist, wenn man nach hundert Jahren Weißwasser dann auch mal eine wirkliche Welle fahren kann. Es ist auch schwer zu beschreiben, weshalb ich eigentlich so lange daran rumlaboriere. Für mich ist das alles ein crazy shit of brainfuck.

Ich bin total fröhlich, aber surfunbegabt. Die Frage danach was besser ist, stellt sich mir wenig, da ich ja fröhlich bin. Dennoch brauche ich bisher überdurchschnittlich lange, um das Prinzip des Take Off zu verstehen. Es ist wie mit diesen Aerobic Kursen, bei denen es auf Synchronität ankommt.

Oder hat schonmal jemand „Bollywood Hip-Hop Dance" versucht? Das ist so komplex, wie es sich anhört. Cro rappt und Shiva tanzt. Am Ende der Stunde wird getauscht. So ist das auch mit meinem Take Off, nur dass ich die Melodie des Meeres irgendwie überhöre und stattdessen auf dem Schlussbeat eine nicht passende Hebefigur einbaue.

Jetzt, nach Monaten - und es sind wirklich Monate, weil ich ja wirklich jeden Tag mit dem Board rumlaufe oder paddle oder so- bin ich in der Lage hinundwiedermanchmalwennspasst eine Welle abzugreifen und mich dabei schlimm zu freuen.

Das macht mich dann noch ein bisschen fröhlicher. Der Grad der Begabung ändert sich dadurch nicht. Die Höhe, die Geschwindigkeit, DER MOMENT, die grüne Welle ist etwas Grundverschiedenes zum geradeauslaufenden Schubse- Weißwasser.

Wann muss ich aufstehen? Wird das Brett mich mitnehmen und wenn ja, wohin? Wo muss ich stehen, damit ich fahren kann oder bleibe ich doch lieber liegen oder werfe ich das Board noch beim Anpaddeln wieder weg?

Warum werfe ich es weg und wie bekomme ich es wieder? Wann muss ich überhaupt die Welle anpaddeln und Herrgott nochmal welche eigentlich? Wie springe, klettere, klammere, kraxle, bzw. krieche ich auf das Scheißboard? Welche Höhe kann ich mir zutrauen? Ist die Welle steil, oder kommt sie flach an und schwappt sie nur so ein bisschen längs? Wie paddle ich die Welle am effektivsten an oder lasse ich es besser doch bleiben? Während einiger Flugmanöver und Nasentauchgängen habe ich in den letzte drei Tagen eine wichtige Antwort bekommen. „Weitermachen!"

Natürlich lernt es sich bequemer und weniger frustrierend, wenn man ein zwei Erfolgserlebnisse hat. Man muss wohl einfach dafür sorgen. Egal, was da kommt und sei es bloß eine flache Wand oder ein schiefer Wasserturm, solange es schiebt, steh auf. Man darf sich niemals zu schade für eine Welle sein. Das darf man dann sein, wenn man die Wahl hat, weil man so gut ist, dass man auch die Wahl hat. Letzten Endes ist es egal, wie hoch die blöde Welle gewesen ist. Jede einzelne Welle, sorgt dafür, dass man am Ende sauberer steht, besser fährt und sicherer wird. Die vielen Fehlstarts, verzeihen sich, wenn man dann einmal in den Genuss kommt ein Stück zu fahren. Ich wünschte, ich hätte als Kind die Gelegenheit gehabt das ganze kopfloser zu lernen. An dieser Stelle bin ich kurz enttäuscht, dass ich nicht auf Hawaii aufgewachsen bin. Neben einem guten Teint und sehr blonden Haaren, könnte ich jetzt sexy Longboarden und hätte seit meinem vierzehnten Lebensjahr den Quarterback der Footballmannschaft erst als Liebhaber, dann als Ehemann und Vater meiner drei sehr blonden Kinder. Versteht sich von selbst, dass auch er blond ist und ganz viel Spaß am

Surfen hat, weil er dann die ganze Zeit mit freiem
Oberkörper rumlaufen müsste.

Warum so?

Ich könnte auch im örtlichen Fossilienclub sein und
neben dem Debattieren das Dartspielen als Hobby und
den Bob aus dem Computerkurs als Freund haben.
Hawaii ist keine Garantie, lediglich näher dran als
Krefeld.

Kinder und Wagemutige denken nicht, wenn sie
surfen. Sie schreiben auch keine blöden Bücher
darüber. Sie surfen einfach. Ich bin viel mehr
Fossilientante als Quaterbackfreundin. Bei mir läuft es
wie in der Sesamstrasse:

Wieso? Weshalb? Warum?

Man kann nicht alles verstehen. Verstehen heißt
Nachdenken und Denken verlangsamt Prozesse.

In Philosophenkreisen macht das alles einen Sinn, aber
in einem Sport, in dem es um Sekundenbruchteile
geht, ist das hochgradig bescheuert. Zeitlupe hat in der
Welle nichts verloren. Die einzige Welle, die ich heute
erwischt habe, war so schnell, dass mein
Neoprenanzug geflattert hätte, wäre er aus einem
flatterfähigen Stoff.

Memo an mich: Zeitlupe gibt es hier NICHT.

Ein hawaiianisches Detail ziert mich inzwischen.

Ich bin echt braun geworden. Also an den Stellen die
der Anzug nicht bedeckt. Hände, Füße, Kopf. Nackt
sehe ich komisch aus. Als stünde ich in einem
Farbeimer. Sieht aber derzeit sowieso niemand.

In diesem Zusammenhang habe ich es tatsächlich bis
heute – und heute ist der Montag nach dem
Donnerstag, von dem ich eingangs mal sprach- nicht

geschafft auf mich aufmerksam zu machen. Vielleicht sollte ich es mal mit dem signalfarbenen Pullover aus dem Schlussverkauf versuchen oder einfach mal hinsehen, wenn mich jemand anlächelt.

Ich und meine anstrengende – Ich-schau-lieber-weg-und-mach-mich-interessant- NICHT- Nummer.

Für mich beginnt Kommunikation mit dem Aussprechen von Worten und Sätzen. Ich funktioniere einfach nicht im OFF Vocal Modus.

Dieses Wimperngeklimper und Angegrinse auf Distanz empfinde ich als Mogelpackung und damit als eine echte Gefahr. Bei mir geht Flirten immer damit einher, dass ich Personen anspreche. Ein wirkliches Desaster wäre für mich, wenn ich einen ganz heißen Typen orte, mich total anbiete und am Ende der ganz heiße Typ mit ganz schlimmer Pieps Stimme im ganz grauenvollen Endzeitdialekt mit mir spricht.

Noch ein bisschen schlimmer als Dialekte, ist sterbende Kommunikation mangels Verstands, versus kein Humor. Darum funktioniert bei mir auch kein Online Dating. Nicht Ansprechen bedeutet für mich: Das provozierte Nichtausnutzen eines möglicherweise wichtigen Momentes im Leben. Nach hinten fallen alle die, die zwar interessant sind, mit denen ich aber nie die Gelegenheit hatte zu sprechen. Selbstverschuldet oder nicht. Ich limitiere mich damit. Ab morgen werde ich dafür sorgen, dass es nur noch Take Offs gibt und keine weiteren Bauchlandungen und das meine ich sowohl ganz wörtlich als auch im übertragenen Sinne. Metamorphose: Spinne an Wand wird zu Kolibri am bunten Blümchen.

Ostern

Es ist so weit. Mit dem Zahltag für meine Miete, die ich immer mit einem verwegenen Blick in einem schmuddeligen Umschlag überreiche, habe ich heute Paco & Maria dazu gebracht nachzudenken. Ich bin mir ziemlich sicher, dass sie sich die Pralinenschachtel, die dieses Mal unter dem Umschlag liegt und deren Kauf ich mir sorgsam überlegt habe, nicht gut erklären konnten. Vielleicht sind sie auch Diabetiker. Bezüglich der Feiertage habe ich ja bereits einige Vermutungen zum Besten gegeben. Wirklich sicher bin ich mir bei Thema Ostern nie geworden. Osterhasen gibt es hier keine und Backen ohne Ofen, den ich ja nun mal nicht habe, hat auch noch Niemand erfunden.
Eierverstecken auf einem Grundstück, auf dem jeder Tennisball verschwindet und der Wochenverbrauch an Wiener Würstchen so hoch ist, wie bei einer Berliner Großfamilie zu Weihnachten, halte ich für wenig sinnvoll. Außerdem sind die Flatulenzen von Lebewesen, die zuvor Eier konsumiert haben, nur schwer zu ertragen und hier leben einfach zu viele, die sich in er Nähe meines Hauses aufhalten.
Ich befürchte, dass mein aus Unsicherheit nur gehauchtes „para Pascua" in Zusammenhang mit der Pralinenschachtel auch nichts zur Klärung der Situation beigetragen hat. Damit Paco mich versteht, habe ich obendrein wildgestikulierend versucht pantomimisch einen Hasen darzustellen. Ich weiß nicht, ob er mich verstanden hat, oder ob er denkt ich wolle ihn erst in eine Table Dance Bar verschleppen und anschließend vergiften. Wie Maria bei meiner Performance

empfunden hat, ist schwer zu sagen und der Gedanke daran auch kaum zu ertragen.

11.04.2007

YYYYYEEEEESSSSSS.. den ganzen Tag schon grinse ich wie blöde und bin komplett glücklich...

Nein, ich habe nicht also niemanden angesprochen. Ich bin einfach nur mal wieder etwas weniger talentfrei auf das Surfboard gesprungen. Das reicht für mich, um mich zu freuen. Nach drei Tagen La Pared, bei denen ich mich fast zerstört habe, kann ich nicht nur das größte Hämatom aller Zeiten mein Eigen nennen, nein, heute bin ich als echte Surferin in meine eigene Surfgeschichte eingegangen. Den blauen Fleck, also meine Auszeichnung, habe ich mir zuvor verdient, als mir das Tail (der hintere Teil des Surfboards) mit voller Wucht auf den Oberschenkelmuskel geknallt ist. Der Schmerz ist in etwa mit dem Schmerz vergleichbar, wenn einen ein Pferd tritt. Ein großes, kein Pony. Eins mit Hufeisen.
Laufen geht grad nicht. Surfen geht.

Ein schöner Westswell und wenig ablandiger Wind haben Jandia, meine Lieblingswelle heute so schön dastehen lassen, dass man auch beim bloßen Angucken schon zufrieden gewesen ist. So richtig erklären kann sich die Welle, die da heute so schön rumsteht, niemand. Im Swellforecast taucht sie nicht auf und auch sonst hat niemand kommen sehen, was jetzt da ist. Eine Geisterwelle. Das gute an Wellen, die keinem prognostiziert werden, ist, dass auch niemand da ist, der gute Wellen surfen möchte.

Da ich immer surfen will und auch immer irgendwo bin und Forecasts von mir meistens eher bescheiden betrachtet werden, ist das hier ein reiner Glücksfall. Umgekehrt steh ich auch oft genug da, wo gerade gar nichts los ist, außer die Angler.

Heute fahre ich ganz ungestört eine Welle nach der anderen. Ja, ganz richtig: ungestört und mehr als eine! Ich bin so richtig grenzdebil vor Freude und gucke auch den Rest des Tages so. Ich fühle mich wie beschenkt und glaube, dass das, was ich da mache, ganz arg toll aussieht. Ich habe mich endlich überwunden und mal nicht nur doof rumgesessen. Mehr noch:

Ich bin aufgestanden. Natürlich fehlt mir noch sehr, sehr viel, bis es wirklich aussieht wie Surfen, aber ich bin gefahren, und zwar fast jede Welle, die ich angepaddelt bin.

Großartig. Nachdem ich so viel Glück hatte, sind Andrea und ich kurz einen Bissen im nahen Ort essen gegangen. Im Grunde hat mir alles das schon gereicht, um jedem Fremden spontan um den Hals zu fallen. Der orange Pulli hat mich im Übrigen bereits mehrfach im Stich gelassen.

Nichtsdestotrotz und obgleich schon maximal glücklich, sollte der Nachmittag- meine letzte Stunde vor der Arbeit- noch besser werden. Ich verschwinde wieder im Wasser. Dass man sich in Jandia das Wasser mit weiteren Menschen teilt, versteht sich von selbst. Es wird auch erst dann schwierig, wenn die sich das Wasser teilenden Menschen unterschiedlichen Tätigkeiten nachgehen. Heute fahren zwei

Boogieboarder ihre Kreise um mich und die Wellen, während vorne am Wellenende Menschen einfach so im Wasser und damit im Weg rumstehen. Es gibt nichts ärgerlicheres, als wunderbare Wellen und Hindernisse, die in der Fahrlinie nichts zu suchen haben: Felsen, dicke Delphine und eben Menschen. Letztere sind neben den Felsen am unbeweglichsten und weichen eher nicht aus, wenn ein 1,73m Mensch auf einem Surfboard winkend auf sie zufährt.

Ich habe oft überlegt, ob es mich als Schwimmer jemals stören würde, wenn ein 2,5 Meter langes Geschoss, ähnlich unserer Wohnzimmertür mit etwas oder jemandem, der/die/das offensichtlich nicht wirklich unter Kontrolle hat – das lernt man im Laufe seiner Surfkarriere erst- auf mich zugefahren kommt. Ich frage mich, ob man ausschließlich wissen kann, dass Kollisionen mit Wassersportzubehör diesen Ausmaßes schmerzhaft sind, wenn man sie bereits erlebt hat, oder ob nicht jeder Mensch so etwas wie einen Urinstinkt und in diesem Zusammenhang Selbsterhaltungstrieb besitzt?

Es stehen also insgesamt einige Personen im Weg rum, die alle keine Sorgen plagen. Wir sechs plus die, die da nicht hingehören, teilen sich heute einer der schönsten Wellen, die ich bisher fahren durfte.

Es passt einfach alles. Stimme, Dialekt, Sonne und Wasser.

Das man bei so viel Rammdösigkeit auch mal etwas Zuviel an sich selbst denken kann, versteht sich.

Sollte einer der beiden Boogieboarder oder auch beide, dieses Buch jemals lesen- Unwahrscheinlich- mögen sie mir verzeihen. Noch unwahrscheinlicher.

Mit einer gewissen Egozentrik, einer unfassbaren Habgier und dem reinen Gedanken an mein eigenes Vergnügen, bin ich dem einen der beiden so fies in die Welle gefahren, dass ich es noch heute schimpfen höre. Und zwar: Von mir!! Das muss man sich mal vorstellen. Da fährt einem jemand in die Welle und schreit einen auch noch an. Das ist wie einen Auffahrunfall haben und der Unfallfahrer macht einen zur Schnecke, dass die Tür kaputt gegangen ist.
Weil ich nicht blöd in Erinnerung bleiben will und noch dazu wesentlich häufiger hier surfen möchte, entschuldige ich mich. Und ganz eigentlich entschuldige ich mich, weil ich einen Fehler gemacht habe.
Egal: Ich fühle mich wie verliebt. Ich schwebe.
Und auch jetzt, Stunden später ist noch so viel von diesem Gefühl übrig, dass ich mir kaum vorstellen kann, was auf dieser Welt besser sein könnte als genau das, was ich heute erleben durfte und wovon ich bis ans Ende meiner Tage niemals genug kriegen werde.
Ich danke dem lieben Gott und Duke Paoa Kahinu Mokoe Hulikohola Kahanamoku dafür, dass es Surfboards gibt und ich irgendwie, irgendwann auf die Idee gekommen bin, die Dinger auszuprobieren.
Ich bin ein Glüxpilz mit einem riesen Glüxpilzhut..
Ich werde nun noch ein wenig meine Gedanken sortieren und versuchen diesen Tag in Tüten abzufüllen. Seufz- Doppelseufz
Man hat mir mal erzählt, dass Leute die kiffen, brutalsten Bock auf Schokolade haben. Da dieses auch auf mich zutrifft, ich aber nicht kiffe, muss- schon alleine deswegen- von dem Abhängigkeitsfaktor des

Surfens ausgegangen werden. Es macht wirklich süchtig, auch ohne Schokolade.
Die letzten Tage waren Tage von durchwachsenen Gefühlen, durchwachsenem Wetter und durchwachsenem Speck.
Ich bemerke wenig resigniert den Talstand auf meinem Konto, der Klamottenladenalltag ist zu einem festen Bestandteil meines ansonsten weniger modischen Lebens geworden und die Wellen mein tägliches Vergnügen. Jandias Geisterwelle gehört wieder der Vergangenheit an und für mich bedeutet das, dass ich mich wieder mit La Pared streiten darf. Der Swell ist gut, aber klein, der Wind kommt aus Nord und damit leicht von der Seite. Im Grunde ok, dennoch sind La Pared's Sandbänke eine andere Sache, als die schönen gleichmäßigen Breaks von Flagbeach oder Jandia.
In jeder Hinsicht wie ein Suppenkessel, den jemand umrührt und der nach allen Seiten schwappt.

16.04.2007, 19:00 rum in einem ziemlich tranigen Shop

Ich vertrete heute eine Kollegin in dem wohl am wenigsten frequentierten Geschäft zwischen Aserbaidschan und Zakyntos. Wenn ich noch einen Tag länger als diesen Tag hier stehen muss, wird mich auch der ewige Sonnenschein meiner Wahlheimat, nicht vor einer anständigen Depression bewahren können.
Du liebe Zeit. Hier möchte man nicht tot über dem Zaun/ der Kasse hängen.
Besonders schöner Fun Fact: Im Hotel gibt es einen Typen, der denkt er sei musikalisch, wurde eingestellt,

um dieses Denken zu beteuern und bezahlt, um fälschlicherweise Bestätigtes heute vorzutragen.

Meine dem Surftouristen Kaufrausch einredende Shopmusik- Heute: Donovan Frankenreiter- wird jetzt von einem mittelmäßig begabten Pianisten mit oder ohne Unterhaltungspotential übertönt. Irgendwer singt in meine CD rein und das klingt: Echt nicht gut!

Meine überlange Mittagspause, die in südlichen Ländern üblicherweise überlang ist, habe ich am Strand von La Pared verbracht. Da ich ein bisschen angeschlagen bin- ob Nerv eingeklemmt, erkältet oder einfach nur untermassiert- habe ich lediglich aktiv mein Board über die steilen Klippen nach unten geschleppt, um es dann wieder über die steilen Klippen nach oben zu schleppen.

Ungefahren....

So habe ich also nur im warmen Sand gelegen und eine zweistündige Konversation über Wellen betrieben, mit denen wir nun gerade nicht gesegnet sind. I hate Surftalk! Es hätte sich heute aber auch nicht gelohnt, sich den Hals noch schlimmer zu verdrehen. Zumal im Angesicht eines freien Tages, der vor mir liegt.

So richtig entspannt bin ich nicht, wenn ich nicht wenigstens einmal am Tag ein bisschen auf Betriebstemperatur laufe oder surfe oder hinfalle oder was auch immer. Der Swell kommt nach wie vor aus dem Westen, der Wind hat nachgelassen und die Wellen brechen- mal abgesehen von dem bereits angesprochenen Geschwappe- ganz ordentlich. Allerdings haben wir Flut Die Shorebreaks machen das Rauspaddeln nahezu unmöglich. Ein schwacher Trost.

Das Leben ist einfach schöner nach einer Welle, oder wenigstens nach dem Versuch sie hinabzujagen.

Mein nächster blöder Schritt. Blöd, da für mich sehr schwer: Ich muss schnell und hoch oben auf der Welle aufstehen, also den Take Off schaffen. Na, dann schaffe ich mal.

Im Hotelgarten versucht sich nun eine weibliche Stimme an den Vocals zu der bereits erwähnten Bontempi Orgel des mittelmäßig Begabten.

Ich muss jetzt mal einen Augen- Zu -und- Durch Schritt machen. Da ich nach wie vor Blutverdünner (Marcumar, in Hypochondrierkreisen auch „Rattengift" genannt) einnehme, würde ich gern meine Kamikaze-Take- Off -Pläne in Fullprotection angehen: Helm, Schienbeinschoner, Gesäßschutz, Handschuhe, Rippenaufprallschutz, Airbag, Prallweste, Stahlkappenschuhe, Lawinensuchsignal. Da ich ein klassischer die-Angst-beginnt-im Kopf Mensch bin, darf ich mich auch nicht mit physikalischen Details rund um das Thema Gravitation quälen. Fragen wie: „Warum fliegt ein Flugzeug?" „Warum fährt ein Gegenstand mit mir (oder ohne mich) eine Welle hinab?" „Weshalb fällt das Marmeladenbrot immer auf die Marmeladenseite, wenn es hinunterfällt?" sind nicht förderlich. Das blöde Brot landet eh immer in einer Sauerei und kopfabwärts. Flügel können einem nur wachsen, wenn man sich in die Lüfte schwingt.

Man kann keine tollen Erlebnisse haben, wenn man sich nicht aus seiner Komfortzone bewegt.

Man muss manchmal eben auch orangefarbene Pullover anziehen. Mein Aus- der -Komfortzonekommen ist das Dreirad des Big Wave Surfens. Hinter mir liegen netto 10 Wochen „Ausprobieren" und Herantasten.

Da war nix leicht. Was vor allem nicht leicht ist, ist sich immer wieder einzugestehen, dass es an einem selbst liegt, wenn es nicht funktioniert. Dass man sein Mindset anpassen muss. Und man muss auch einfach mal seinem Angsthasen die Pfote drücken. Der ist da. Und so niedlich Hasen auch sind, manchmal wünsche ich mir den Kerl in die Umlaufbahn geschossen.

Surfen ist die Königsdisziplin der Boardsportarten. Ich kenne keinen Sport, der einen so lang auf die Probe stellt, einen immer wieder fragt „Willst du das wirklich?" Einen so hart an seine Grenzen bringt, der so viel Mut einfordert, der jedes Mal anders ist, einen immer wieder überrascht, überwältigt in die Knie zwingt, neugierig auf mehr macht, über sich selbst hinauswachsen lässt. Ich gebe zu, ich saß an einigen Tagen verzweifelt am Strand, vollkommen am Ende mit den Nerven, puddingarmig, gebügelt und gefaltet von dem Element, was ich so sehr liebe. Ich habe an mir gezweifelt, mich mit anderen verglichen, gehadert, geheult vor Wut und Enttäuschung.

Aber ich bin immer wiedergekommen. Der Mensch erinnert sich an die positiven Erlebnisse. Das hat der liebe Gott uns so mitgegeben. Nicht auszudenken, man würde ständig an das enttäuschte und fassungslose Gesicht seines ersten Surflehrers denken.

Ein guter Tag, eine einzige Welle, nur ein bisschen besser für einen Moment, und oft nur die Erinnerung an diese Augenblicke und ich gehe- so wütend ich auch vorher auf mich selbst gewesen bin- fröhlich nach

Hause. Was stimmt nicht mit mir? Irgendwann klappt das schon

Es nutzt ja nichts, wenn man sich mit Andy Irons – oder gleich dem Gott des Surfens: Kelly Slater- vergleicht. Weder Kelly noch Andy sind in Krefeld auf eine bischöfliche Gesamtschule gegangen und wahrscheinlich mussten sie auch nicht zum Geräteturnen, obwohl sie sich immer am Bock gestoßen haben. Meine Story ist meine Story und Kellys Story ist seine Story. Ich bin mir sicher, jeder hat sein Päckchen zu tragen. Manches Paket ist eben einfach nur surf kompatibler.

Wellen sind anders. Immer überall. Jeden Tag

Es hat keinen Zweck, ich mache meine kaufanregende CD aus. Donovan kommt nicht gegen das gegröhlte Grauen an. Es sei denn ich möchte mein Gehör verlieren oder einen Platzverweis riskieren.

Alles ist zu jeder Zeit anders. Meine Frisur, mein Herz, mein Mut, meine Angst, selbst das Wax unter meinen Füssen ist mal matschig und mal eklig hart.

Habt Ihr schonmal bemerkt, wie verrückt manche Leute ihre Boards immer wieder wachsen? Als wäre Wachsen das Allerschönste auf der Welt? Vor der Reise, nach der Reise, im Urlaub, am Flughafen, am Strand, im Garten, auf dem Dach, im Solarium.

Und so wie der Wind mal abnimmt und mal zunimmt, glaube auch ich mal stärker und mal weniger stark, aber niemals nie, an Wunder.

Ausbaufähige Wunder:

1.) SpitzenkrasserspeedTake OFF
2.) Date

Allerdings habe ich mich bisher auch nicht gerade angestrengt. Weder bei Punkt eins noch bei Punkt zwei bin ich an der oberen Spitze aller Trainingsziele angelangt. Es sei denn es zählen auch so Kleinigkeiten, wie eine strahlende Begrüßung in der Bar.
Ich hatte meinen orangenen Pulli an.
Das gehört definitiv in eine Randbemerkung. Mit einem kleinen „Pling" in den Augen, so wie Steine in der Sonne funkeln „Pling". Ein blaues „Pling". Schön. Es würde wahrscheinlich zählen, wenn er nicht anschließend den Rest des Abends mit einem Mädel - Adoptivschwester? - an der Theke verbracht hat.
Gottseidank nicht darunter.
Ich V.E.R.S.U.C.H.E wenigstens von vorn zu beginnen.
Immerhin strenge ich mich ein bisschen an, andere Männer toll zu finden oder auf das Brett zu kommen.
Gut Ding will Weile haben.

Noch 90 Minuten verbleibende Ladenzeit. Mittlerweile gibt es Musik vom Band. Wer glaubt, das sei besser, hat sich getäuscht. Es ist nach wie vor laut und sehr trashig.

22:38 Casa Tine

Ich kann es nicht glauben oder sagen wir: Ich will es nicht glauben. Ich fahre extra noch mal in meine Bar, hübsch das Laptop eingepackt. Auch immer ein gutes Alibi so ein Hot Spot. Ich sehe, dass „Niemand" dort ist und fahre schon wieder los, da entdecke ich „Jemand" im Rückspiegel. Ich wünsche mir auf der Stelle den Fluxkompensator von Dr Emmet Brown. Habe ich nicht und U-Turns mit Dolly sind lebensgefährlich.
Ich behalte meinen Kurs bei. Ziel: Haus, Bett, süße Träume

18.04.2007

Noch ein Hotelshop, noch einsamer, noch langweiliger. Noch dazu mit dem Charme einer Bahnhofswartehalle. Zum bereits zweiten Mal hat sich jetzt ein schwedisches Pärchen annähernd sechssprachig- wenn man Hand und Fußkonversation dazu zählt- nach Koffergurten und Ohrenschützern ?! erkundigt.
Ich vermute es, weil die Begriffe „Koffer", „Belt", „Viento", und „Zeig auf's Ohr" irgendwie dargestellt/geäußert wurden. Es könnte sich auch um einen Gürtel handeln, der so breit ist wie der Koffer, den sie dabei hatten und der ihnen nicht um die Ohren fliegen soll, weil der Mann ständig auf seine Taille deutete, die Frau hingegen von kaltem Wind sprach und Gesten machte, wie ein DJ, der die neue Platte in die bereits Laufende mixt.

In Sachen Surfen stecke ich fest. Unseren freien Tag haben Andrea und ich mit etwas Shopping und einem anschließendem Surfdesaster verbracht.

Also ICH habe verbracht und dieses Mal keine Wunder. Die Wellen waren hoch, stark und mehrere Wasserwände haben mich beim Rauspaddeln zum Kentern gebracht. Ich habe mich gefühlt wie ein Stück Treibholz, darum benutze ich Bootsjargon.

Da ich kein Board besitze, mit dem sich ohne weiteres ein Duckdive (elegantes Durchtauchen einer Welle mit dem Board) machen lässt, kann ich oft nur das Brett hinter mich werfen. Natürlich nur dann, wenn NIEMAND auf der Welle fährt oder jemand hinter mir ist. Denn Board + Leash= 3 Meter.

In Kraft umgerechnet: Schrank fliegt auf Stuhl zu. Zwei Wellenwände erwischen mich so spät, dass mir nicht viel anderes übrigbleibt, als tief zu tauchen.

Also ich empfinde es in diesem Moment als tief. Natürlich war es nicht tief und bin ich in eine so unglaubliche Waschmaschine geraten, dass ich für einen Moment denke, es sei normal sich immer bloß im Kreis zu drehen.

Wenn die Welle dann noch das Board erwischt, fühlt es sich an, als hätte man ein Senkblei am Fußgelenk. Da mir nichts Kreativeres einfällt, sehe ich mich am Riff festhängen. Nur ist da weit und breit kein Riff.

Nicht mal ein Steinchen und auch kein Hai der „bloß spielen will". Ich bin einfach nur mal kurz zehn Sekunden unter Wasser. Zehn Sekunden ohne Sauerstoff und gleich vollkommen im falschen Film. Ich tauche auf und: Besser gleich wieder unter.

Es kommt nämlich noch so eine Welle wie eben.
So schnell es geht sollte man in solchen Fällen wieder
auf das Board zurück und paddeln. Nach etlichen
Turtlerolls und Waschgängen habe ich es dann
geschafft. Ich sitze im Line Up.
Sechs Jungs spielen mit den Wellen, als ob es nichts
Leichteres gäbe. Ich wette, die sind hier rausgelaufen.
Oder sind von einem niedlichen Delphin auf der Nase
ins Line Up getanzt worden.
Ich muss fast kotzen vor Anstrengung, sitze aber
wenigstens schonmal bei Ihnen. Da ich nichts kann,
versuche ich es mit dem Lernen durch Beobachten.
Darin bin ich so semi. Wäre ich besser, wäre ich nicht
so schlecht im Step Aerobic.
Dann sehe ich sie: Die Welle, die ich anpaddeln will.
Und ich singe im Geiste mein Mantra: Konzentriere
dich, hab keine Angst, du liebst das Meer, lass dich
fallen, richte dich auf, PADDLE, Füße zusammen,
Körperspannung. Und ich schaffe es. Ich bekomme
diese Welle. Der Moment gehört mir. Ich freu mich
kurz, verpenne aber deswegen den richtigen Moment
des Take Offs und fahre daher nur auf dem Rest der
Welle. Ich habe einen großen Restmoment verpasst.
Wieder und wieder soll ich an diesem Tag in der Luft
hängen, zu früh, zu spät und zu unkonzentriert DEN
MOMENT verpassen. Ich bin so kurz davor und doch so
weit davon entfernt.

18:22 Siesta vorbei

And the Oscar goes to: TINE!!!!! für ihre grandiose Leistung, den zweiten Hauptdarsteller des gleichen Films nie selbst getroffen zu haben.

Hier ein Ausschnitt:

12:30 Mittagspause, nachdem mich ein Hotelgast noch bis **12:45** in ein Gespräch über Strickjacken verwickelt, geht es mit fünfzehn Minuten Verspätung ab durch die Mitte. Dolly startet. Auf in den Ort.

Kurz Anne besuchen, erstmal zum Strand, ein bisschen braun bleiben, Musik hören, entspannen.

An dem Strand, an dem vor einer Woche noch alles gerockt hat und ich mich in den siebten Himmel gesurft habe, weht heute die grüne Flagge.

Das Meer still wie ein See. Nur unter diesen Bedingungen kann ich an einem Strand ohne Board entspannen.

Obwohl, eigentlich kann ich das gar nicht. Am Strand entspannen. Zwei Stunden Sonne, ein kleiner Spaziergang ohne Musik gegen den Wind, Hügel rauf und Hügel wieder runter.

Vorwand für Barbesuch ausgedacht.

Mal sehen, ob Andrea heute Dienst hat. Gottseidank: Ich habe Andreas Surfmagazin dabei.

Das sieht sportlich interessiert aus und belegt, dass ich lesen kann.

Ich beschließe, dass ich das Heft HEUTE zurückgeben MUSS.

Ich sehe das Auto vom zweiten Hauptdarsteller, bleibe vorsichtshalber bis Punkt **16:00** - Andreas

Schichtbeginn- im Wagen sitzen. Dabei schwitz ich mich tot. Auch das noch. Frisur hin.

Dolly ist schwarz und wie heiß es im Sommer selbst bei geöffnetem Fenster in schwarzen Autos ohne Klimaanlage ist, kann man in verschiedenen Polizeiberichten zur Sommerzeit nachlesen.

Tapfer bekomme ich auch die nächsten drei Minuten um. Als Andrea endlich auf der Bildfläche erscheint, steige ich aus dem Auto.

Das Haar klebt mir am Kopf, das T- Shirt irgendwo zwischen den Schulterblättern. Betont lässig und arrangiert unarrangiert, nehme ich mein Handy, den Schlüssel und das Magazin in die Hand, werfe mir die Tasche über die Schulter, obwohl ich das nicht mehr tun wollte, weil die Tasche abfärbt und ich eine weiße Hose trage. Macht nichts. Es sind nur ein paar Schritte.

Ich sehe nur so eben ein grünes T-Shirt- meine Lieblingsfarbe- und höre wie die Tür vom Auto auf- und wieder zugeworfen wird. Ich höre den Motor. Der Wagen mit dem grünen T-Shirt fährt davon.

Da stehe ich mit meinem Magazin, dass HEUTE zurück MUSS, den wichtigen Accessoires in meiner Hand und der angeklatschten Frisur. Ironie des Schicksals.

Ich verbringe den Rest der Pause damit das Magazin zu lesen- das hatte ich nämlich noch nicht- esse ein riesiges Eis mit Nutellageschmack und verarbeite die eben erlebte neuerliche Pleite.

Währenddessen mache ich mir MAL WIEDER Gedanken, wie ich besser surfen könnte.

Was checke ich hier nicht?

Ich recherchiere in den gespeicherten Bildern in meinem Kopf, schaue in das Magazin ob es anderen genauso geht. Ich suche nach Wann's ? Warum's Wie's und Wo's?

Ich finde Antworten wie: kräftiger, sauberer vor allem aber zu Ende paddeln, nicht das Board festhalten, Körperspannung, vor dem Take Off das Brett in die Welle drücken, die Welle dort nehmen, wo sie bricht, schräg anpaddeln. Die Bar habe ich inzwischen verlassen. Ich gehe am Strand entlang und sehe eine winzig kleine Miniaturwelle, die gerade eben auf den Strand bricht. Und wie ich so dastehe und glotze, wird mir plötzlich klar, wo ich mich befinden müsste.

Immer wieder schaue ich das kleine, mickrige Wellchen an. Dabei denke ich an die Hunde vom Hof, die hier heute ihre Flöhe zum Surfen schicken könnten.

Apropos Hof:

Ich habe eine neue Nachbarin: Yula wohnt jetzt bei mir. Eine Surfbekannte vom letzten Jahr.

Es ist schön, dass nun noch jemand um mich rum ist der surft, den ich mag und noch dazu Tür an Tür in meiner Einöde. Ich werde sie gleich heute in die Kunst des „Vom-Hof-Fahrens" einweisen

19.04.2007

Hotelshop die III. Ich bin seit um 7 Uhr auf den Beinen, da ich kurzfristig einen frühen Werkstatt Termin für Dolly bekommen habe.

Ich fasse noch mal kurz zusammen: Dolly hat den annähernden Materialwert von vier Surfboards-

teilweise gebraucht- die Beifahrertür ist nicht von außen auf schließbar, der Fahrersitz lässt sich nicht umklappen, der Kofferraum ist defekt, die Boxen vom Radio nicht angeschlossen, der Lack ist mehr ab als dran...Kleinzeug also

So bin ich heute Morgen los, gut gelaunt, bestens gestimmt, auch schon ein bisschen vorerfreut auf mein neues Kofferraumschloss. Ein Traum wird wahr: Endlich das Surfboard richtig einladen können und dann noch ein Einkauf möglich. Das Erste, was ich zu hören bekomme: „Lass den Schlüssel hier!"

AUSRUFEZEICHEN

Als gut organisierter Mensch habe ich bereits zuvor die Nutzungsabsicht meines Fahrzeuges für 9 Uhr abgeklärt. Dazwischen liegt eine ganze Stunde.

8 Uhr Termin, 9 Uhr MIT Kofferraumschloss wegfahren

Das könne ja wohl nicht wahr sein, ich wolle ja schon vor drei Wochen bereits erschienen sein wegen des Wagens. Hää??

Über telepathische Fähigkeiten verfüge ich nicht. Vielmehr warte ich seit sechs Wochen auf den zu dem Auto und Kofferraumschloss gehörigen Anruf.

Die Fragezeichen stehen mir – direkt hinter das zuvor gesetzte Ausrufezeichen des Mechanikers- ins Gesicht geschrieben. Ich zähle innerlich von Zehn rückwärts. Das habe ich mal gelesen. Ich bin auch nicht so der Typ für hysterische Ausraster im Dienstleistungssektor. Vielmehr kann man von mir immer sehr viel Verständnis erwarten. Nach weiteren und von vielen Ausrufezeichen begleiteten Unverschämtheiten von Seiten des Dienstzuleistenden, entschließe ich mich dann aber doch zu einem Abgang. Leider kann ich mir

diesen finanziell nicht gerade erlauben. Das Schloss wäre nämlich noch im „Garantieumfang" gewesen. Garantie? Da fällt mir spontan eine Liedzeile aus Mario Müller Westernhagens Song „Ganz & Gar" ein…"Garantien gibt Dir keiner, kein lieber Gott auch der nicht, leider…"
Warum dann mir ein schottischer Autovermieter auf Fuerteventura?
Ich bin sauer.
Jetzt hilft nur Daumendrücken und- falls noch erhältlich- Bastelanleitungen für in die Jahre gekommene VW Polos der ersten Generation, die man mit einem Turbosticker gepimpt hat- sammeln.
Die Garantie und die Chance auf einen funktionierenden Kofferraum bin ich wohl endgültig los.

20.04.2007

Wenn mich jemand sucht: Ich bin auf dem Sonnendeck. Hotelshop die IV.
Mit einer eineinhalbstündigen Mittagspause vergleichsweise kurz und deutsch, dafür umso schöner. Wenn man so im Geschäft steht und auf die Promenade hinausblickt, möchte man unbedingt loslaufen und den Bug des „Schiffes" suchen.
Die Anlage ist ein Luxusdampfer und ich gehe gleich los und suche „Jake". Glücklicherweise bleibt mir heute die Kapelle erspart.
Wieder ist der Wind heftig und kommt aus dem Norden- ohnehin ein Tag, den ich nicht auf dem Wasser hätte verbringen können, geschweige denn

wollen. Die fast magische Windstille von gestern kam aus dem Nichts und blieb für die Dauer meiner Siesta. Ein Glücksfall und Grund genug das Board einzupacken, um nach La Pared zu fahren.

Die Wellen sind klein aber sehr surfbar. Ich laufe über die Klippen an den Strand, tausche blitzschnell Arbeitsklamotten gegen Neoprenanzug und sitze mit einigen Jungs auf dem Wasser. Das auflaufende Wasser sorgt dafür, dass diese jetzt näher am Strand brechen und es ein paar hübsche Shorebrakes gibt, denen ich so nicht gewachsen bin. Meine Reaktionszeit stimmt nicht überein mit einer Welle, die schnell bricht, noch dazu auf den Strand.
Zumindest weiß ich jetzt mit Sicherheit, dass es sehr unangenehm sein kann, wenn man sein Board im Shorebreak nach vorne wirft. Eine Sache, die ich nie wieder tun werde. AUFSTEHEN egal was kommt.
Ein ums andere Mal habe ich mich in fast Kollisionen mit meinem Brett befunden, die- wäre ich die Figur eines Buches, bei der es die Möglichkeiten

A) Nasenbeinbruch
B) blaues Auge und
C) Schwein gehabt

gäbe, ich verdammt noch mal Glück habe, dass mein Schutzengel heute seinen „C" Tag hat.
Als ich mein Brett nehme und gehe, sehe ich wie sie einen von den Jungs, die zuvor so viel Spaß in den Wellen hatten, dass ich seine Freudenrufe immer wieder gehört habe, auf seinem Brett aus dem Wasser

tragen. Am Abend erzählt man mir, dass ein Helikopter den Jungen mitgenommen hat. Das war realistisch. Und auch wenn es eine schöne Gefahr ist. Wir stehen, sitzen und gleiten auf purer Energie. Das dürfen wir nie vergessen. Jeder Tag da draußen ist ein Geschenk, von dem Gott, der uns Menschen das Meer gegeben hat. Angst ist nicht immer ein Feind, Respekt sollte man jedoch stets haben.

Der Luxusdampfer hat wieder abgelegt. Noch drei Stunden volle „Fahrt". Ich sehne mich nach dem Meer, was ich von hier aus nur sehe und rieche und registriere erneut in welch unglaublich schöner Umgebung ich eigentlich arbeite, lebe (..)
Nur wo ist eigentlich Jake?

22.04.2007

Bei Hotelshop die Wievielte war ich angekommen? Sonntag. Der Wind hat an Stärke zugenommen. Kiter sagen: „Es hackt" Die Hunde vom Hof sehen aus, als hätte man ihnen die Lefzen am Hinterkopf zusammengetackert. Ein ständiges Windgrinsen. Mir wird wohl nichts anderes übrigbleiben, als mit meinem Board über die Klippen zu segeln, um dann mal wieder im Weißwasser Take Offs zu üben. Schon gestern habe ich meine Zeit damit verbracht in Windeseile immer wieder auf mein Brett zu springen. Und was soll ich sagen. Es war eine gute Lektion.

Ich habe viele Fehler entdeckt, die ich sicher ohne diese bekloppte Übung niemals entdeckt hätte.
Das Meer war zu kabbelig, die Wellen zu unstet.
Die Linien, die der Swell hervorbrachte, wurden von dem Sturm regelrecht gebügelt und in mehrere Teile zerrissen. Bereits in meinem Häuschen konnte ich den Wind hören, das stetige Pfeifen um die Ecken, den Druck auf das Holzdach.

Als ich am Morgen einen Blick aus meinem Fenster werfe- das Müsli in der Hand- das Meer im Auge, sehe ich auf der rechten Meermauerseite meiner Terrasse eine von Marias Katzen.
Eine idyllische Szene. Für einen kurzen Moment sehr entspannend. Einen Wimpernschlag später ist es vorbei mit der Idylle. Das Tier kotzt aus der rechten Ecke des Bildes im hohen Bogen sein Frühstück in die linke Ecke des Geschehens. Das Ganze ist in etwa so, als ob jemand mit einem Düsenjet durch die untergehende Sonne jagt, vor der zwei Delphine knutschen oder sagen wir es ist so, als würde man einen Panzer in eine Blumenwiese fahren.
Vielleicht hätte mir das eine Warnung sein sollen.
Auch auf Terrassenbrüstungen kann es einem bei diesem Wind sehr schlecht werden.
Für einen kurzen Moment habe ich das Bedürfnis, das Gleiche zu tun wie die Katze, entschließe mich dann aber erst recht dazu schnell auf- statt zu erbrechen.

11:30

Ich hätte mir Sonnenmilch, Badelatschen auf denen „Fuerteventura" steht, Filme, ein paar Exemplare der Bildzeitung sowie diverse Flaschen Wasser mitnehmen sollen.

Im Übrigen habe ich eine erneut selbstverschuldete Pleite mit einem interessanten Männchen hinter mir. Der kam neulich alleine in die Bar, blieb alleine in der Bar und wurde- man ahnt es schon auch dieses Mal von mir nicht gerade mit Worten überschüttet. Ich habe weiterhin auf mein Laptop geschaut, Swellkarten studiert, Emails geschrieben und an meinem Bier genippt. Somit war ich erneut wenig innovativ, was Blickkontakt und Konversation betrifft: Augen und Mund bereits mit anderen Dingen beschäftigt. Zu guter Letzt habe ich ihm dann auch noch den Rücken zugedreht und bin einfach gegangen. 100 Punkte auf der nach oben offenen Flirtskala.

Oder? Unterbewusste Vermeidungstaktik aufgrund verkorkster Vorgeschichten? Tiefenpsychologische Phänomene? Vielleicht doch noch nicht so weit? Falscher Typ? Notlösung? Herz noch immer besetzt? Herz noch auf Ibiza? Immer noch? Ich kann das doch eigentlich ganz solide abrufen und umsetzen. Auf der anderen Seite, wer kann verstehen, dass ich ständig mit einem Surfboard umherlaufe, jede Sekunde ausnutze, um auf dem Wasser zu sein? Ich stelle alles dahinter und ignoriere beharrlich meine Talentfreiheit. Ist das verständlich? Begreiflich für einen anderen, wen man seine Verabredung nach den Wellen-vorhersagen ausrichtet?

Habe ich Lust jemandem zu erklären, warum ich so denke? Habe ich wirklich das Bedürfnis mich zu rechtfertigen? Umgekehrt, gibt es jemanden auf dieser Welt, vor dem ich es nicht rechtfertigen muss, dass mir Salzwasser besser schmeckt als ein Abend mit einer Pizza auf der Couch. Also nicht immer, aber manchmal Ein Surfbegeisterter? Extremwanderer? Echsensammler? Irgendein Freak? Irgendwer, der wie ich morgens bei Sonnenaufgang auf seinem Brett sitzt und mit den Fingern Kreise auf die glatte Oberfläche malt oder Weihnachtslieder singt, während er auf eine Welle wartet. Ich bezweifle, dass Barmänner da die Richtigen sind. Barmänner machen Spaß und schmecken gut.
In diesem Sinne Gute Appetit.

17:20

..und auf geht's in die zweite Runde.
In der Zwischenzeit bin ich aus der Mittagspause zurück oder besser: es hat mich aus der Pause zurück geweht. Der Wind ist noch stärker geworden. In Kiterkreisen: „Es hackt wie bekloppt" und an Surfen war erneut nur im Weißwasser überhaupt zu denken Ich hätte mir auch die großen, schnellen Brecher antun können, bin aber der Meinung, dass mir Mit- Kopf besser steht als Ohne- Kopf. So bin ich raus, eher wenig gepaddelt, denn gelaufen und habe serienweise Take Offs geübt. Mit mir lediglich ein weiteres Mädchen im Wasser. Ihr Freund hat sie fotografiert. Bei was weiß ich nicht. Beim Überleben, vermutlich

Die wirklich guten Surfer sind mit dem, womit ich mich heute begnügt habe, nicht mehr zu locken.
Ich habe mir vorgenommen weiter zu üben, bis ich gut genug bin und diesen Bewegungsablauf immer weiter zu wiederholen. Unwahrscheinlich, dass ich eines Tages ZU schnell bin. Mit der Energie, dem Vorwärtsschub und ein paar extra Mittagspausen. Ich konzentriere mich darauf zu springen und mich nicht an den Rails festzuhalten, zudem möglichst schnell in die seitliche- weil stabilere- Position zu kommen.

Vor meiner Pause hatte ich eine interessante Begegnung mit einer alten Dame. Gäbe es die Begegnung der Woche, wäre diese auf Platz eins gelandet. Aus irgendeinem Grund sind wir ins Gespräch gekommen. Was ich bei Barmännern vermeide, gelingt mir ohne viel Zutun bei so ziemlich jedem anderen Menschen. Mit viel Charme und Geist hat sie mich für einen Moment an ihrem langen Leben teilhaben lassen. Zweiundneunzig Jahre Mensch, verwitwet und auf Reisen, hat sie seinerzeit über fünfzig Jahre nach dem Krieg ihre große Liebe wiedergetroffen. Der Junge, den sie heiraten sollte, mit dem sie als Kind ihren Schulweg geteilt hat und den sie für immer verloren geglaubt hatte, stand plötzlich wieder vor ihr. Wenn ich zuvor noch nicht wusste, worauf dieses Gespräch hinausläuft: Damit hatte sie mich endgültig. And the story goes on: Beide waren schon mal verheiratet. Er hatte zu dem Zeitpunkt bereits zwei erwachsene Kinder, sie war verwitwet. Er ist im hohen Alter noch einmal zu ihr gezogen. Ihre einzige Bedingung: „Ich koche nicht für dich, ich mache nicht deine Wäsche und auch sonst bist du auf dich gestellt. Wir teilen unsere Freizeit und leben zusammen"

Und so sind sie gereist und gereist, haben es sich gut gehen lassen, viel Geld ausgegeben, die Welt gesehen und ihre Augen leuchteten, als sie mir erzählte, dass alles wie früher gewesen ist. Alles zwischen ihnen hatte noch bestand auch nach fünfzig Jahren.

Das untermauert meine These, dass manche Bindungen ein Leben lang Bestand haben. Ihre große Liebe hat sie überlebt, aber das Funkeln in ihren Augen war noch da und hat verraten, wie glücklich sie in den letzten Jahren gewesen ist.

Schön. Einfach schön.

Und ich?

Bin ich auf der ewigen Reise, um zu suchen, was ich nicht finde, oder habe auch ich bereits gefunden, was ich gesucht habe und traue mich nur nicht endlich loszulaufen? Sind Livesteps- Abitur- Ausbildung- Führerschein- Ehe- Geld- Kinder- Haus- Baum- Auto und Lottogewinn der Sinn des Lebens oder ist gerade der Ausbruch aus diesem Schema das, was das Leben lebenswert macht. Individualität, auf Sendung bleiben, nicht mitlaufen und gerecht werden. Muss ich ein schlechtes Gewissen haben, wenn ich mit 33 Jahren Augenscheinliches nicht „erreicht" habe, oder bin ich auf dem richtigen Weg? Ich habe wohl einfach Angst vor der Verpflichtung für einen anderen Menschen,

außer mich selbst oder habe diese Bereitschaft bereits an jemanden oder etwas verschenkt.

Ich weiß nicht, ich weiß nur, dass ich froh bin, in den letzten Monaten wieder so etwas wie eine Basis entdeckt zu haben. Einfache Dinge, wie Salzwasser, Wind, Sonne, Sterne, Träume und Freiheit.

26.04.2007 09:00 (..)

Monatsende. Wie lange ist es her, dass ich mir mein letztes Geld einteilen musste? In Deutschland verfügte ich-dank meines letzten namhaften Arbeitgebers- über einen großzügigen Kredit. Nicht schwer zu erraten, was ich jetzt nicht mehr habe. Was ich habe, lässt sich an den Fingern einer Hand abzählen: eine Gallone Wasser (fünf Liter), zwei Liter Milch, eine Handvoll Cornflakes, etwas Honig, ein bisschen Käse, eineinhalb Tafeln Schokolade, eine Ecke hartes Brot und Nudeln.
Von letzterem habe ich so viel und auch bereits so viel gegessen, dass es mir zum Hals raushängt.
Mein Handyguthaben ist verbraucht, Dolly kann genau noch einmal am Tankstutzen andocken und in Anbetracht des Feiertages am 1.Mai, liege noch sechs Tage Nudeln vor mir. Mir wird schlecht.
Die beiden letzten Tage habe ich vogelfrei und ohne jede Verpflichtung in La Pared verbracht. Der Sturm ist gestern für ein kleines Zeitfenster verschwunden, die See jedoch aufgewühlt und von den Sandbänken zerklüftet wie eh und je. Und so bin ich von brachialstem Weisswasser in offene Wellen gefahren, habe aber bei jedem schnellen, steile Take Off wieder

den gleichen Fehler gemacht und mein Board vor mich geworfen, um hinterher zu tauchen oder den Abgang mit der Welle zu machen. Ich hoffe, dass ich diese Angewohnheit bald ablege und hoffehoffe, dass ich irgendwann so schnell bin, dass ich auf dem Bord und nicht daneben durch die Welle rausche.

28.04.2007   10:40

Ich bin mal wieder auf dem „Kreuzfahrtschiff" und habe mir den Luxus erlaubt einen **7:00** Uhr Surf zu verschlafen.
Meine Lieblingswelle läuft seit gestern wieder, jedoch nicht ohne eine starke Unterströmung, die der Nord-Ostswell derzeit mit sich bringt. Dennoch bin ich gestern mit Andrea in den anbrechenden Tag „geglitten". Welch ein Unterschied zu La Pared. Grüne Wellen mit größeren Zeitfenstern für den Take Off. Ich liebe diesen Spot. Nach unserer kleinen Morgensession war mir dann drei Stunden lang so kalt, dass ich mit Polarschlafsack, T-Shirt, Pullover, den dicksten Socken, die ich besitze, einer Decke und langer Hose im Bett gelegen habe, um mit den Zähnen zu klappern. Das Frühstück mit Andrea und in bereits mehrfach erwähnter Bar habe ich abgebrochen noch bevor ebenfalls bereits mehrfach erwähnter Barmann die Szene betreten konnte. Mir war einfach nur übertrieben kalt. Ich habe mich nun endgültig entschieden, dass ich im Grunde eher auf die „Bar" scharf bin als auf den „Mann".
Wenn ich keinen Move mache, dann ist es auch nicht das, was ich will. Moves mache ich sonst immer. Wenn

mein einziger Move im Kauf eines orangefarbenen Hoodies besteht, dann ist das kein Move, sondern eine Übersprungshandlung.

Momentan gilt mein Gedanke einzig den nächsten vier Tagen, an denen ich das Wunder vollbringen muss mit meinen Sprit- und Essensvorräten auszukommen. Wenn das Ganze aufgeht, komme ich aus der Sache mit +/- einem Apfel heraus.

In der Zwischenzeit suche ich den Magier, der mir das Surfen beibringt und verharre noch einen Moment auf meinem „Dampfer". Ohne Licht, ohne Computer (Stromausfall) und mit einer Alarmanlage, die heute Morgen „Fuego"- Feuer gekreischt hat, als ich den Laden betreten habe.

Zudem gesellt sich gerade ein Animateur, im Folgenden von mir MR. BINGO genannt, auf die nahegelegene oder sagen wir DIREKT vor dem Laden gelegene Terrasse und brüllt so laut und schief seinen Zahlenkanon durch die Gegend, dass es mich nicht wundert, wenn in Afrika vor Schreck ein Storch aus seinem Nest fällt oder eine Familie in Deutschland spontan Daheim sein Bingoblöckchen zückt.

Hier werden die Urlauber- alle die, die nicht bei mir im Laden einkaufen- miteinbezogen und dürfen- MÜSSEN nach jedem angestimmten „Bingo" ein noch lauteres „Bongo" schreien. Alkohol unterstützt solche Animateure. Mit MR. BINGO möchte ich heute aber nicht tauschen. Denn da um diese Zeit höchstens drei Menschen betrunken sind oder unter Drogen stehen, beteiligen sich auch nicht mehr als drei Spielfreudige an dem Blödsinn. Der Typ, der das alles initiiert, trägt

eine blonde Perücke, hohe Schuhe und eine blau-gelbe Windjacke. Deeply impressed.
Ich bitte erneut für ein schnelles Voranschreiten des Stundenzeigers. Auch wenn ich dadurch schneller altere.

30.04.2007

Noch zwei Tage Nudeln, dann habe ich es tatsächlich geschafft, mit weniger als nichts auszukommen.
Nette Erfahrung, die ich aber so nicht wieder brauche.
Zumal meine Hosen immer weiter werden und ich keinen Gürtel besitze.
Meine Wellenkünste hingegen werden immer besser.
Poco a poco- Stück für Stück.
Ich bin zum allerersten Mal in die grüne Welle gehopst. Leider hat die Welle mich nicht mitgenommen, dennoch glaube ich an mein persönliches Wunder. Mehr denn je. Mein Mut und mein Ehrgeiz wachsen mit jeder Welle.

03.05.2007

In kurzem Gedenken an eine Begegnung vor 3 Jahren, die ich auch nach 100 Jahren nie vergessen werde.
Der zweiundneunzigjährigen Frau, die nach fünfzig Jahre ihre große Liebe wiedertrifft, kann ich nicht das Wasser reichen, aber wie jeder wünsche auch ich mir Happy Ends und große Herzen. Wofür lebt man?
Für seine Ziele und für die Liebe. Daran glaube ich.

Beim Surfen gibt es magische Momente. Wunder-Momente die unbeschreiblich sind, die man immer wieder erleben möchte, Momente, die einen kurz innehalten lassen, die einem einen kleinen Schauer über den Rücken jagen, die einen laut DANKE schreien lassen. Solch ein Moment- den ich immer hoffe zu finden- ist mir heute passiert.

Ein bisschen versteckt hinter dicken Wolken und für das Auge unsichtbar hat etwas ganz Großes auf mich gewartet. La Pared einsam und verlassen, nicht einladend und auf den ersten Blick auch nicht schön, hat mir heute alles gegeben, was ich brauchte.

Kein Wind, keine Menschenseele und die Beleuchtung tauchten die Szene in eine fast tragische Atmosphäre. Es ist sicher nicht klug allein ins Wasser zu gehen, aber an diesem Spot kenne ich jede Sandbank, jeden Channel, jeden Shorebreak, jede Unterströmung und fast jede mögliche und unmögliche Situation. Ich habe keine Angst, nur Respekt. Es ist dennoch unvernünftig. Die Belohnung ist ein großartiger Morgen.

Begleitet von einem wunderschönen Regenschauer bin ich auf einer Welle und noch einer an den Strand gefahren. Nur ich, mein Board, der Regen und viele Wellen. Hier könnte mein erstes Buch zu Ende gehen. Könnte, denn mal ehrlich: Ein abwärts geeierter Take Off macht noch keine Routine. Wenn ich das Ganze tatsächlich mehr als dreimal am Stück schaffe und auch am nächsten Tag noch weiß, wie es geht, können wir darüber sprechen „Weißwasser" zu beenden und „Wellenbrecher" anzuschließen oder wie auch immer ein Folgebuch heißen könnte.

Hier kommen in chronologischer Reihenfolge einige Tage, die mehr als gut gelaufen sind und die ich darum auch nicht so schnell vergessen werde:

- Das erste Mal auf einem Surfboard. Krass, in welche Abhängigkeit man sich begibt, wenn man so ein Ding anfasst und bemerkt, dass es Spaß macht. Schnipps sitzt man am Meer und zieht Schaufensterpuppen an und aus, anstatt dafür zu sorgen, dass Flugzeuge richtig beladen abheben.

- Meine erste grüne Welle. Mit einem viel zu späten Take Off bin ich zum aller ersten Mal in die grüne Welle gestartet. Wahnsinn. Verrückterweise gibt es von diesem- Versuch in Halbschräglage sogar ein Video.

- Muizenberg: Ein südafrikanischer Longboardchampion, wie er mir stolz versichert hat, eine alte Dame, eine Kindersurfschule, Caro, ich und die perfektesten Wellen, die wir bis dahin überhaupt jemals zu Gesicht bekommen haben. Von der Kulisse ganz zu schweigen. Erst viel später habe ich rausgefunden, dass dort auch die Haie surfen üben.

- Der Sonnenaufgang in Jandia mit Jenny und Hamid

...und HEUTE: Für die einen ist Regen eine unangenehme Wettererscheinung, für mich bedeutet es im Sommer immer die Flucht nach draußen.
Gern motiviere ich auch andere mich zu begleiten.
Ohne Schirm, ohne Schuhe und ohne Scham.
Ich sage Euch, Ihr verpasst etwas, wenn Ihr nie Eure Schuhe auszieht und Euch einmal in Eurem Leben von einem Platzregen bis auf die Knochen nass regnen lasst, durch die Pfützen jagt und dabei laut schreit.
Oder von mir aus auch einfach nur grinst. Das kommt nämlich von selbst.

La Pared und der Regen gehören an diesem Morgen für zwei Stunden mir ganz alleine. Ein zauberhafter Ort, zu dem ich Gottseidank die Tür geöffnet habe
„Das Wesentliche ist für die Augen oft unsichtbar" -Der kleine Prinz- Antoine de Saint-Exupéry
Und auch wenn niemand versteht, was in aller Welt daran magisch sein soll bei strömendem Regen und mit einem kaputten Neoprenanzug auf knapp zwei Meter Glasfieberstyroporgemisch zu sitzen und auf Wellen zu warten, die wenig bis gar nicht schön brechen. Ich kann nur sagen, nichts auf der Welt ist so schön, wie diese Welt.

By the way und wieder back to business:
Ich habe Pedro kennengelernt oder er mich.
Pedro surft, ist aus Tarifa, kann irgendwie alles, was im Entferntesten mit Wassersport zu tun hat, hat

demnach einen ausgesprochen schönen Oberkörper-
sowas fällt mir auf, vor allem nach einigen
männerfreien Monaten- ist blond, immer ein bisschen
strubbelig und ein netter Kerl. Also alles perfekt.
Nett. Nett. Im Grunde schon wieder blöd, da treffe ich
mal einen von den Guten und interessiere mich
weiterhin nur für die mit dem Diplomabschluss im
DOOF SEIN. Anders gesagt: Er ist zu wenig Badboy, zu
nett, zu schön.
Pedro spricht Spanisch. Er spricht kein Deutsch, kein
Englisch, kein Russisch, kein Suaheli. Das kommt mir
sehr zugute, denn ich wüsste nicht, was mir Russisch
bringen sollte. Spanisch zu lernen ist hier nicht ganz
einfach. Denn entweder lerne ich Spanier kennen, die
ganz wild darauf sind Deutsch zu lernen oder ich lerne
Deutsche kennen, die keinen Bock haben Spanisch zu
sprechen, oder ich lerne die kennen, die jeden Satz auf
Englisch beginnen, auch wenn sie aus Köln kommen.
Pedro versteht mich, oder er tut netterweise so.
Ich versteh Pedro und tue manchmal tatsächlich so.
Bisher hat er noch nie beleidigt geguckt oder sich
unwirsch abgewandt.

06.05.2007 09:40

Endlich wieder auf dem „Kreuzfahrtschiff" und
während ich auf die lustige Bingo- Bongo- Schrei -
Animation warte, erfreue ich mich im Stillen darüber,
dass ich heute Morgen um 5:30!!!!! Uhr aufgestanden
bin. Gewonnen habe ich damit eine Stunde Surfen an
einem meiner Lieblingsplätze und immerhin zwei

Wellen, die ich ohne Drückebergeranfall bezwungen habe. Jetzt muss nur noch La Pared bewältigt werden.

Vorgestern wollte jemand Dolly „anfassen", angucken, kaufen. Ich wiederhole ungern die Mängelliste, aber der Typ war richtig heiß auf meine Schrottkiste...und er selbst war auch heiß. Wenn ich gewusst hätte, was für ein Typ Mann sich von meinem Auto angezogen fühlt, hätte ich öfter mal (wo)anders eingeparkt. Leider reist der schöne G40 Kenner am folgenden Tag nach acht Monaten auf la isla tranquila nach Ibiza weiter. Ist das zu fassen? Wo war der bloß die letzten acht Monate? Ich hätte ihm vielleicht vorschlagen sollen mich zu heiraten. Statt Autokauf.
Hätte ihm auch gleich das Surfen beigebracht und ein hübsches Steak gebraten. Im Gegenzug dazu hätte er einfach ab und an an Dolly und im Wechsel an mir rum-geschraubt.
Und da ist es wieder: IBIZA. Entweder schubse ich es jetzt endgültig über den flachen Rand der Erde oder ich fliege einfach mal wieder hin, um mir den Rest zu geben. Ibiza ist leider nur so schrecklich wellenfrei. Wenn ich dort am Strand sitze, kann ich die kleinen, kräuseligen Windwellchen anschauen und mich fragen, was ich am Meer mache, oder ich ziehe mir jeden Abend ein anderes Partyoutfit an und tingle halbnackt durch die Clubs. Das kann ich in jedem Fall besser als den Take Off und dafür musste ich auch nicht lange üben.

An dieser Stelle beginne ich eine Tafel Schokolade zu essen. Hätte man mir vor drei Monaten gesagt, dass ich an einem Tag zwei Tafeln Schokolade, 500g Nudeln, eine Familienpackung Kekse, 250g Thunfisch, vier Tomaten, eine Schüssel Müsli...to be continued verputzen kann, ohne dass mir speiübel wird, hätte ich es sicher nicht geglaubt. Ich weiß nicht, was besser ist, wenn einem die Hosen trotz Essen rutschen und damit nicht mehr passen, oder wenn die Klamotten spack werden und daher nicht mehr passen.

Aktuell benötige ich eher Gürtel als Gummibänder.

Ich muss also noch mehr verstoffwechseln. Ansonsten unterhalte ich mich viel mit Pedro, der den Fehler gemacht hat, sich die Haare ganz kurz schneiden zu lassen.

Warum müssen sich Männer mit schönen, strubbeligen Haaren ständig die schönen, strubbeligen Haare abschneiden? Ich bin so oberflächlich ja nicht und ich sehe in ihm auch weiter nichts, als den guten Kumpel, der er hoffentlich wird, aber in gewissen Dingen bin ich ein Fetischist und mindestens ohrlange Haare bei Männern gehören eben dazu. Genauso wie Hunde mindestens kniehoch sein müssen.

Alle weiteren Vorlieben behalte ich vorerst für mich. Dank Pedro lerne ich ein bisschen mehr von dem Spanisch, was ich so nötig habe, und er versucht es ein bisschen mit Deutsch oder Englisch.

Eine Hand wäscht die andere.

12:10

Jetzt werde ich doch langsam nervös. Vor meinem Fenster also an der Reling läuft eine kleine feine Welle und deutet verheißungsvoll an, was fünf Kilometer weiter südlich passieren könnte.

1,5 Stunden Pause, dreißig Minuten zum Spot, Dreißig Minuten Surfen, dreißig Minuten zurück.

Das klingt nach dem Stress, der es ist und es bleibt zu überlegen, ob ich nicht lieber das Risiko eingehe auf einen entspannten Abendsurf zu hoffen.

Also werde ich mich an meinen fast wellenlosen Mittagspausenstrand setzen und versuchen mich ein wenig vom Nichtstun zu erholen. Dabei baue ich ein Thunfischtomatenbaguette zusammen und träume ein wenig vor mich hin.

Warum auch ausgerechnet heute das Bingo Hotel?

14:15...optimistisch gedacht, in Wirklichkeit fünfzehn Minuten eher.

Mein Puls hat sich wieder stabilisiert. Ich vermeide Blicke über die Reling und tröste mich mit meinem Nach- Feierabend -Strand-Gang. Bis dahin zapple ich noch ein bisschen durch den Laden, indem NICHTS los ist. Kein Wunder bei dem Wetter, denn bis auf den obligatorischen Wind/ Sturm lacht die Sonne vom strahlend blauen Himmel. Ist auch irgendwie nicht hinnehmbar, dass mich aus Deutschland eine Beachclub- Biergarten- dreissig Grad- Email- nach der anderen erreicht, während einem hier das Dach vom Kopf geweht wird...

Nach meinem Sunrisesurf am Morgen, hat mich das Haubenkranichpärchen vom Strand begrüßt.

Obgleich die Tiere ja sehr schlank sind und dem Wind ja eher wenig entgegenzusetzen haben, standen ihre

drei Haubenfedern arg vom Kopf ab und die beiden
Vögel im Allgemeinen eher schräg in der Landschaft.
Damit haben sie etwas mit den Palmen gemeinsam,
die ebenfalls derzeit nur in eine Richtung zeigen.

14:30 jetzt wirklich

Es ist also tatsächlich eine halbe Stunde vergangen.
Acht halbe Stunden müssen noch vergehen.
Es ist nicht einmal eine gelangweilte Hotelkatze in
Sicht. Ich höre die Brandung. Es setzt ein Pawlowscher
Reflex ein, der mit mir und dem Board in der Kammer
hinter mir zusammenhängt. Ich drehe die Musik lauter.
Bingo- Paule hat heute frei und ich habe tatsächlich
zum allerersten Mal daran gedacht, meinen Job für
eine Surfsession zu riskieren. Damit erfülle ich dann
eines der Klischees, die jeder Arbeitgeber in
Zusammenhang mit Angestellten sieht, die ein
Wassersportgerät besitzen. Dazu zählen auch Kites,
Windsurfer und alles, was man sonst so machen kann,
wenn es windet oder wellt. Manchmal ist die
Versuchung im Leben die schwierigste
Herausforderung.

drei Stunden, fünfzig Minuten...Leben, du bist so schön

09.05.2007

Manchmal frage ich mich, ob diese „Geschichte"
überhaupt einen roten Faden hat. Was suche ich?
Die richtige Welle, eine Erleuchtung? Möchte ich
weiterhin von Hotelshop zu Hotelshop tingeln,
nachmittags surfen? Was ist mit der Herausforderung?
Der Versuchung? Was ist mit dieser Phase? Wo stehe
ich? Und wohin will ich?
Ich möchte surfen lernen und ich wünsche mir einen
Platz für mich auf dieser Welt. Ich wünsche mir einen
Mann, der sich nicht dauernd die Haare schneidet, sein
eigenes Leben lebt, mit dem man laut lachen und viel
surfen kann, der flexibel ist, den ich ärgern darf, der
mich ärgern darf, einen der frei ist und der mich frei
sein lässt, einen Tänzer, Trinker, Draufgänger,
Anheizer, Pickupfahrer, Spinner, Bösewicht, gute
Seele, Freund und einen, der mich erträgt.
Jemanden, der keine Reihenhausromantik und stetige
Zweisamkeit von mir erwartet, einen, den ich früh
morgens am Strand treffe und der mir am Abend
irgendwo wieder begegnet.

Ich könnte eine krasse Story für Euch erfinden. Davon
gibt es aber tatsächlich mehr, als es mittelmäßig
dahinplätschernde Geschichten gibt, die sich nebenbei
auf dem Klo lesen lassen. Als ich mich gestern bei
meinem Emailanbieter einloggte, musste ich lesen,
dass irgendwer oder irgendwas im All explodiert ist
und dass man von Glück sagen könne, dass der
Einschlag so etwa drei Millionen Lichtjahre entfernt
stattgefunden hat. Was strenggenommen und laut
Wissenschaft „ganz um die Ecke" sei.

Ich gebe zu, mein erster Gedanke galt einem schönen Swell,. Leider war davon weniger die Rede als von einer „kurzbevorstehenden" Katastrophe in 240 Millionen Jahren. Ich frage mich was für die Wissenschaft ein langer Zeitraum oder „kurzbevorstehend" ist?!
Überhaupt hat Surfen ja auch etwas Perverses.
Man sitzt bei dreissig Grad Sonnenschein an einem schönen Strand und profitiert von einem entfernten Unwetter oder einer Katastrophe. Je beschissener das Wetter anderswo, je „passender" ein Felsabrutsch ins Meer, desto schöner die Wellen an anderer Stelle.
Ich muss da immer dran denken, besonders wenn Wellen so ganz und gar unverhofft- also nicht ewig vorhergesagt- auf die Küste zurollen. „Damn" denke ich mir dann..."Wo ist denn jetzt schon wieder ein Eisberg explodiert?"

Es ist megaheiß. Seit zwei Tagen haben wir Kalima.
Es staubt und man hat das Gefühl Papier zu atmen.
Die Sahara soll bleiben, wo sie ist. Auf dem Hof stapeln sich abgerissene Tomatenstauden, die Paco in Abständen von etwa drei Stunden ankarrt, irgendwo ablädt und liegenlässt. Das System und die Sinnhaftigkeit habe ich noch nicht ganz durchschaut, freue mich aber in Anbetracht des ganzen Tomatenkrauts darüber, dass ich wahrscheinlich vorerst keine einzige Mücke zu sehen oder schlimmer noch zu hören bekomme werde.
Ich kann also meine Vernichtungsmittel vernichten.

Die steigenden Temperaturen sorgen bei mir für steigende Langeweile im Job. Die Leute, die ich eigentlich entertainen sollte, surfen, schwimmen oder braten in der Sonne. Mein derzeitiges Hauptaugenmerk gilt der Ummeldung von Dolly auf meinen Familiennamen. Dem Vorbesitzer scheint nicht viel daran gelegen zu sein. Das ist erstmal nicht schlecht, denn so zahlt er weiter die Steuern und wenn ich einen Igel platt fahre „Vater unser im Himmel..."ist es SEIN Auto, SEINE Schuld und auch SEIN Problem.

Ich sehe mich konfrontiert mit Papierkram, Behörden-gängen und dem Vermeiden des Aufeinandertreffens: Dolly, Tine, Zwischenhändler.

Zu letzterem sage ich nichts mehr, nur dass ich dem wahrscheinlich mit dem Horrorpreis für meine Rostlaube, weiterhin OHNE nutzbaren Kofferraum einen schönen Urlaub für zwei Personen auf Bali ermöglicht habe. Wenn dieser die Ummeldung nun auch noch vornehmen würde, wären wir bei zwei Personen Bali All inclusive.

In diesem Fall nehme ich meinen Verstand und die ganze Sache lieber selbst in die Hand.

Noch fünfundvierzig Minuten! Gähn. Wenigstens hat in den letzten drei Stunden der Wind nachgelassen.

Ein nicht uneitler Griff in mein Haar, sagt mir, dass ein Sprung ins Wasser unumgänglich ist.

Ich bin strubbelig und versandet in meinem Hotelshop erschienen. Lassen wir den Eitelkeitsfaktor weg, dann freue ich mich aber einfach auf einen hoffentlich schönen Surf.

Ich möchte ja immer noch eine anständige Welle in La Pared auf die Reihe bekommen.

Abgesehen vom kräftigen Anpaddeln gegen einen unglaublich starken Offshore und dem damit einhergehenden nicht Mitgenommenwerden von den allermeisten Wellen, hat es mich- wenn ich denn mal den Mut hatte die Wellen kurz vorm Brechen anzupaddeln- bisher immer total zerrissen.
Ich werde nicht, ich BIN die WIPE-OUT-KÖNIGIN. Offshore und Wipe Out ist doppelt beknackt, da einem das Brett, zu dem man zuvor bereits den Kontakt verloren hat, dann auch noch entgegenfliegt.

Das Hotel ist total ausgestorben und mit ihm – wen wunderts- auch der Hotelshop. Die Angestellten plaudern vor ihren Shops und Stationen miteinander und am nahen Strand tummeln sich die Kite- und Windsurfer. Viel Glück haben sie dabei nicht, der Wind hat tatsächlich nachgelassen.
Gut für mich.

Wenn ich durch Hotels laufe, denke ich jedes Mal wieder an eine Person in meinem Leben. Ganz egal ob ich jemals mit ihm in diesem Hotel gewesen bin oder es niemals zuvor gesehen habe.
Die Uniformität dieser Stätten ruft jedes Mal wieder das gleiche Gefühl in mir hervor. Das ist wie mit einem Geruch.
Nivea Sonnencreme = Ostsee, 4711 = Oma

12:00, in Berlin 13:00 auf der Insel, am Mittwoch

...normalerweise säße ich jetzt im Betriebsrat meiner ehemaligen Firma und würde mich mal mehr und mal weniger diplomatisch zu mal mehr und mal weniger aufreibenden Themen äußern, die allerdings oft meine Geduld bis aufs Äußerste strapaziert haben. Und jetzt? Sieche ich gelassen und fast ein bisschen gelangweilt in einem Surfshop vor mich hin und sehe einer langen Pause auf dem Surfboard entgegen.

Schöne Wendung der Dinge.

Ich habe hier einige Menschen getroffen, die- wie sagt man so schön? - in der Mitte ihres Lebens alles aufgegeben haben um mit oder ohne Hund, Wohnmobil und Surfboards durch die Welt zu reisen. Ich wünsche jedem Menschen auf der Welt, dass er den Mut und die Möglichkeit hat, seine Träume zu verwirklichen. Es ist ein echtes Geschenk zu leben und nicht bloß zu funktionieren. Das große Abenteuer fehlt auch mir noch, aber ein kleines Stück davon hat längst begonnen. Mit dem Tag, als ich angefangen habe mich von Gegenständen und Menschen aus meinem Leben zu trennen, um auf einer Matratze im Arbeitszimmer meiner Eltern auf den Moment zu warten, an dem es endgültig losging. Elias reist am Montag ab und für eine Weile durch Europa. Ich freue mich, dass er sich entschlossen hat wiederzukommen. Andere Menschen sind bereits wieder weg, kommen an oder haben sich entschlossen zu gehen. Viele Wechsel, viele neue Gesichter.

Vorgestern dann Besuch aus einer anderen Dimension, ja fast Galaxis: MTV in unserer Bar.

Da musste jeder von uns ein unbeteiligtes Shopgesicht machen und auf Kosten des Arbeitgebers Bier trinken, um noch unbeteiligter auszusehen.
Ich hoffe nicht, dass mich die ganze restliche Welt nun für eine Windsurferin hält. Es handelt sich nämlich um eine Windsurfbar.
Ich hätte fragen sollen, ob die gerade jemanden für „Pimp- my- Ride" suchen. Dolly könnte es wirklich gebrauchen.

Unterdessen- viele 1000 Kilometer weiter in der Heimat- hat meine Freundin Danni mit der Bestückung ihres Aquariums und der Meinung ihres Mitbewohners zu diesem Thema zu tun. Ich finde das interessant und erwähnenswert als Punkt, den man nie außer Acht lassen sollte im Fressen- und Gefressen werden Kosmos des Lebens. Die Kombination Mitbewohner, Aquarium und Danni hat sich insofern als nicht wirklich einfach erwiesen, als dass ER große, bunte Bewohner wünscht, dabei aber deren Beuteschema übersieht, während SIE mehr das große Ganze betrachtet. So kam es, dass nach kürzester Zeit nur noch ein- wenn auch großer, bunter- Fisch die heimatliche Wohnzimmerunterwasserwelt bevölkerte.
Ich erzähle das, weil ich heute nach langer Zeit mal wieder in meine Heimat telefoniert habe. In dem Moment, als ich Dannis verzweifelte Stimme am anderen Ende hörte, stand sie gerade mit Mitbewohner, Verkäuferin und dem bunten Killerfisch in der Fischhandlung.

Welche Dramen vom Fressen und gefressen werden mögen sich wohl täglich unter unseren Füssen im Wasser abspielen? Möchte ich das wissen?

Windstille- kein Kiter mehr, kein Windsurfer. YES!!! Ein kleines NO! Lediglich für das bevorstehende Gedränge im Line Up. Aber so ist das eben. Die Welle gehört niemandem und darf jeden erfreuen.

Ich muß los!

19:15

Kaum zu glauben, wie ich das Wunder vollbracht habe, die letzten Stunden herumzubekommen.
Es war todeslangweilig!
Mein Ausflug in Neptuns Reich und damit in das mir liebste Element, sowie die bereits erwähnte Enge im Line Up wurde mit einer schicken grünen Welle belohnt, die ich ausnahmsweise mal erwischt und auch gefahren bin. Sah vielleicht noch nicht so hübsch aus, hat sich aber schon mal hübsch angefühlt.
Mit mir im Wasser ein paar unbekannte und viele bekannte Gesichter, sowie ein Gesicht, was ich sicher nicht mehr vergessen werde.
Ein hübscher, sympathischer Kerl. der surft wie einer, dem es Spaß mach und, der so blaue Augen hat, dass man Sonne und Meer gleichzeitig darin erkennen kann, kurzum...der mich vollkommen fasziniert hat.
Ich verweise auf den Beginn dieses Buches und die damit verbundene Äußerung über Prinzen, Pferde, Surfer und Surfboards.

Und genau diese Ausnahmeerscheinung, von denen mir in meinem Leben Weiß Gott erst vier begegnet sind, reist am Freitag wieder ab.

Es ist Mittwoch!!!

Die Abreisetragödie hat mir Melai- eine Bekannte- mitgeteilt, nachdem ich fast ganz La Pared nach diesem Menschen befragt habe.

Ich bin am Boden zerstört. Ich wollte mich doch um Himmelswillen nicht in jemanden vergucken, der wieder abreist, während ich hierbleibe und traurig bin.

Ibiza ist heute das erste Mal nicht mehr, als eine weiße Stelle im Atlas. So eine weiße Stelle, wie in den Karten der ehemaligen DDR, in der es den Westen einfach „nicht gegeben hat"

Es bleiben mir noch ein Nachmittag am Strand und zwei Abende. Wie bitte schön soll ich das anstellen? Und hier kommt mein wenn-es-drauf-ankommt- Move ins Spiel.

Ich hoffe, ich höre mich nicht vollkommen bedürftig an: Erst DER BARMANN, jetzt DER SURFER.

Ich habe jeden Barmann auf diesem Planeten soeben vergessen. Ich habe alles soeben vergessen. Im Universum geht es nicht immer gerecht zu.

Zwei Tage. Unwahrscheinlich, dass ich morgen mit meinem Take Off Aufsehen erregen könnte, also außergewöhnlich performe.

Kundschaft, prima, ein Betrunkener, der eine Motorradbrille sucht – Im Surfgeschäft. Fast komme ich in Versuchung ihn für die übermäßige Verwendung

sehr schlechten Rasierwassers mit einer Oakleybrille nicht unter 200€ zu bestrafen.
Mir tränen die Augen. Ich hoffe, der stechende Geruch vergeht bald wieder.
Der Kunde ist wieder weg. Der Geruch nicht.

Ich denke an den Kerl vom Strand. Ich denke sehr viel an den Kerl vom Strand. Fast so viel wie manche Mädchen an Tokio Hotel denken. Mit dem Unterschied, dass ich nur denke und nicht laut kreische. Ich freue mich still und heimlich, dass es Männer mit so blauen Augen gibt, die ohne Adoptivschwestern und Cousinen unterwegs sind.

Mir ist so langweilig, ich erschrecke mich schon vor meinem eigenen Spiegelbild. Ich könnte laut „Fuego" Feuer schreien, ich kann es aber auch lassen. Es würde meine Arbeitszeit wahrscheinlich nur verlängern und meinen Abend verkomplizieren. Noch fünfzig Minuten- wieder dreitausend Sekunden, die ich damit verbringen könnte, endlich ein Wort mit ihm zu wechseln. Wo ist er nur und wer kennt ihn?
Komm schon lieber Gott eine Erleuchtung, ein Zufall, ein guter Moment...
Dreitausend Sekunden von einhundertzweiundsiebzigtausendachthundert, die er noch in meinem physikalischen Umkreis verbringt.
Aus lauter Langeweile habe ich das Kinderpuzzle aus der Kinderdeko entfernt, dreimal gepuzzelt und dabei festgesellt, dass ich Hunger habe. Das Puzzle sieht aus wie Marshmallows.

Wundert mich, in meinem Blut müsste genug Zucker für eine sechsstöckige Baiser Torte sein.

Ich habe mich selten so sehr auf halb zehn gefreut. Ich glaube noch nie in meinem Leben habe ich mich auf halb zehn gefreut. Wie wertvoll die Zeit doch ist und wofür wir sie verschwenden. Ein Jammer. Zeit ist Geld- MAG SEIN, Zeit ist Leben, ist Gelegenheit- DAS IST SO
Zehn Jahre Unentschlossenheit auf meinem Weg ans Meer, zehn Jahre, in denen ich mich mit zwei Wochen Sand zwischen den Zehen im Jahr zufrieden gegeben habe, zehn Jahre Muscheln sammeln, das Meer mit nach Hause genommen aber nie dazu gehört. Mit dem Sand in meinen Haaren, meinem Rucksack und in den Klamotten kann ich heute eine Sandburg bauen.
Jeden Tag.

10.05.2007

10:00 Es ist warm, sehr warm und mir bleiben vierundzwanzig Stunden.

17:00

Drei grüne Wellen in La Pared und ein „Date" am Lagerfeuer.
Das Weißwasser gehört damit der Vergangenheit an.
Die Wellen klein, kein Wind, die Sonne und Temperaturen um achtunddreissig Grad.

Ich habe mir böse die Fußsohlen verbrannt

Zu Beginn meiner Session bin ich wenig überzeugt.
Die Surfschulen sind im Wasser, der schöne Mann am
Strand. Da es brüllend heiß und damit unmöglich ist,
mehr als zwei zusammenhängende Minuten ohne
Schatten auszukommen, gehöre ich zu den schnellst
entschlossenen, was den Wechsel von T-Shirt und
Hose in meinen Shorty und das Langarmlycra betrifft.
Lange Arme wegen Sonne und Emailanbieter, der mich
vor allem warnt, sogar vor zu viel UVABC.
Ich sag ja Knall im All und so.
Im Grunde will ich mich aber einfach nicht schon wieder
verbrennen. Also rein in das wassertaugliche Outfit und
ab in die Fluten, bevor das Wachs vom Board läuft.

Zwei Stunden Surfen, drei Wellen! drei grüne Wellen.
ICH HABS GESCHAFFT, GESCHAFFT, GESCHAFFT
Ich bin mehr als glücklich
Gerade als ich wieder aus dem Wasser komme, geht
Marcel- den Namen weiß ich inzwischen- rein ins
Wasser. Prima, ich darf also eine Stunde in der Sonne
brüten oder selbst noch mal durchstarten.
Da ich gut brüten kann und das auch schon hinlänglich
geübt habe, entschließe mich für ersteres und kauere
mich unter den einzigen, klitzekleinen Felsvorsprung,
der noch Schatten bietet und den ich mir deswegen
mit drei weiteren Menschen teilen muss.
Dabei sehe ich ihm zu. Nach einer knappen Stunde
kommt er dann tatsächlich wieder aus dem Wasser.

Leider kann ich nicht genau sehen, mit wem er sein Handtuch teilt, glaube aber ein paar Leute auszumachen, die ich auch kennen könnte.
Nun gibt es zwei Möglichkeiten:

1. Restlos zerfließen und weiterhin mit gequetschtem Gebein zwischen zwei Steinen und drei Menschen sitzen, dabei von einer schönen Zukunft in einem Campingbus träumen, indem wir jedem Morgen gemeinsam aufwachen.

2. Sachen packen und an ihm vorbei nach oben laufen. Das ist ein Riesenumweg. Noch dazu muss ich würdevoll über glühend heißen Boden laufen, ohne die Beherrschung zu verlieren. Und der Boden ist wirklich heiß. Heiß wie Grillkohle.

Ich wähle Option zwei und renne wie eine Irre los. Dabei habe ich mein gesamtes Equipment unter und über dem Arm verteilt. Also auch ein übersperriges Surfboard. Ich wähle den direkten Weg Richtung Meer, um von dort einen besseren Überblick auf das Strandpublikum zu bekommen.
Auf der Hälfte der Strecke glaube ich in Ohnmacht zu fallen. Trotz übermenschlichem Usain Bolt Sprint sind die Schmerzen unerträglich. Keiner von den Typen, die über glühende Kohlen laufen, kann mir weismachen, dass dies in irgendeiner Weise Freude bereitet.
Am Wasser angekommen stöhne ich kurz und heimlich meinen Schmerz Richtung Ozean, laufe aber betont

lässig weiter. Er sitzt rechts, weiter oben am Strand. Allein. Nein! Ich sterbe, wie soll ich da bitte hinkommen? Noch mal die heiße Herdplatte. Diesmal ohne Aussicht auf ein Fußbad im Meer. Warum habe ich keine Flipflops dabei? Also gut. Ich schaue rüber, lasse mein Board sinken, schmeiße meinen Rucksack in den Sand und renne los. Ich bin schon so nah, dass ich seine Augenfarbe erkennen kann- obwohl man dafür nicht so arg nah heran muss- da wirft er mir seine Boardsocke hin auf die ich mich dankbar rette. Es hat etwas von „Der Boden ist Lava" Ich stelle mich vor, setze mich neben ihn und wir reden. Das war einfach. Er ist sehr nett und kommt im Übrigen auch „schon" im Oktober wieder. Spaßvogel-schon. Das sind fünf Monate. Dann weiß ich ja, an was ich in den kommenden hundertfünfzig Tagen denke. Das sage ich natürlich nicht, aber so wird es sein.

Ein Blick auf die Uhr ermahnt mich strafend, dass ich dringend losmuss. Ich frage ihn, ob er am Abend schon verplant sei, er sagt „Nein" Ich könne ja zum Lagerfeuer in die Bahia kommen. Ich grinse, innerlich. Ich meine ich grinse so richtig und bevor ich wie eine Wahnsinnige über den heißen Sand in meine zweite Schicht des Tages renne, höre ich noch ein „Bis heute Abend". Ich fliege ein Ründchen über die Felsen. Mein restlicher Arbeitstag erledigt sich im Handumdrehen. Ich habe es noch so grade geschafft zu duschen und ein geeignetes Outfit für den Abend zusammenzusuchen. Betont ungestylt.

Wie haben Danni und ich es seinerzeit genannt? Es muss so aussehen, als käme man gerade aus dem Bett: Unarrangiert, ohne Absichten, mit kleinen Fehlern, die man sich vorher bewusst anschminkt. Prinzip: PushUp BH

Und so verlasse ich Punkt Feierabend meinen Laden, bestelle mir bei Faufal noch eine Pizza und hechte, etwas hinter meinem Zeitplan aber lange nicht zu spät zum Lagerfeuerplätzchen. Mich erwarten wenige Menschen und der eine ist auch schon da. Insgesamt eine wirklich angenehme Runde, in der man auch mal dazu kommen kann, sich zu unterhalten. Marcel sitzt mir gegenüber zwischen zwei Mädels, zu meiner Linken drei Unbekannte, denen ich sogleich ein Gespräch aufzwänge und die überrumpelt unüberlegt einsteigen. Der Feuermacher knistert ums Feuer herum und sein großer Schäferhundmix rennt erst mal jedem entgegen, um eventuell von dem ein oder anderen beköstigt zu werden. Der Zusammenhang zwischen Haustieren und für den menschlichen Verzehr geeigneten Lebensmitteln ist mir seit meinem Umzug in meine Hütte am Strandrand hinlänglich bekannt. Marcel schaut zu mir herüber. Er kann es wohl kaum fassen, dass ich mich tatsächlich hier blicken lasse. Immerhin habe ich mich selbst auf diese Veranstaltung eingeladen. Moves kann ich. Wenn es notwendig ist, geht mehr als nur ein orangefarbener Pullover.

Unter einem Vorwand steht er auf, erzählt was von Holz hacken und setzt sich nach zwei, drei schwungvollen Hieben auf die Palette neben mich. Da ist er.

Und wir unterhalten uns und wir trinken Bier und unterhalten uns weiter. Ab und stürze ich mich in das Blau seiner Augen. Das ist wie ein Sprung vom fünf Meter Brett im Hallenbad. Ich habe ein bisschen Angst, dass diese Nacht zu schnell vergeht, Angst ihn nicht wiederzusehen und Angst in dieser kurzen Zeit den Moment zu verpassen. Ich rede drauf los. Ich habe nichts und alles zu verlieren, kann aber gerade nicht zwischen dem ersten und dem zweiten unterscheiden. Er ist wie er ist, ich bin wie ich bin und obwohl oder vielleicht gerade weil ich weiß, dass an diesem Abend nichts weiter passieren wird, genieße ich seine Nähe. Als wir nebeneinander liegend in die Sterne schauen, kommt nicht die abgedroschene Story vom kleinen Wagen. Auf eine seltsame Art bin ich glücklich. Glücklich neben einem wildfremden Menschen zu liegen, der am nächsten Tag meine Umlaufbahn wieder verlässt. Es ist wie mit dem Surfen an dem einen Tag im Regen. Man kann manche Dinge nicht beschreiben. Sie fühlen sich nicht an, wie Farben oder Stoffe sind undefinierbar und oder gerade dadurch besonders schön. So wie dieser Mensch, der nur existiert, noch keinen wertbaren Platz in meinem Leben eingenommen hat. Von dem ich kaum etwas weiß, zudem ich lediglich etwas fühle. Ich würde ihn aufhalten, wenn ich könnte, nur für einen Moment.

Und noch während wir- uns umarmend- Abschied voneinander nehmen, weiß ich, dass nichts mehr ist wie vorher. Das Leben hat sich an diesem Tag und mit dieser Nacht, in der wir noch Fremde sind, verändert. Ist um eine Begegnung der seltenen Art reicher geworden für mich. Ich werde an ihn denken, an den fremden Mann mit den blauen Augen und den strubbeligen Haaren. Was immer er sich bei dem Fall der Sternschnuppe gewünscht hat. Ich weiß, was ich mir wünsche, und ich erwarte NICHTS von diesem Wunsch. In dieser Nacht sitze ich noch lange auf den abgewetzten Sitzen meines Autos und weine zum ersten Mal, seit ich hier bin hemmungslos.
Ich vermisse jemanden, den ich gar nicht kenne.

12.05.2007

Mittlerweile sind sechsunddreißig Stunden vergangen, seitdem er abgereist ist. Ich nehme mein Board und gehe surfen. Ich bin traurig, brauche jetzt etwas, was mich ablenkt, mich glücklich macht.
Die Benutzung von Surfboards im Urlaub kann alles verändern. Das Treffen eines Menschen alles durcheinanderbringen. Leben ist das, was passiert, während Du planst.
Meine Wellen gestern waren gut, ich möchte mehr von diesen Erlebnissen, die mich so high machen. Jetzt schon, noch bevor ich die Begriffe Floater, Backside..., Frontsideturn....Tube, begriffen habe.
Ich bin einfach immer dann glücklich, wenn ich auf einer Welle stehe, ein Stück fahre.

Als ich an den Strand komme, kommt mir Steffen entgegen. Andrea im Gefolge. Ich steige gerade in meinen Anzug, als ein kleines Set hereinkommt. Immer noch ist Flut und nicht ohne einen Anflug von Besorgtheit registriere ich die Shorebreaks.
Mit denen habe ich es ja nicht so.
Die Wellen sind dennoch verlockend, der Wind flau.
Die erste Welle bekomme ich. Ich freue mich wie ein Kind. Leider wird das Kind in mir übermütig, als ich registriere, dass ich bisher die einzige mit Wellenglück bin. Mein Übermut grenzt an Angeberei. Das weiß ich, hält mich aber nicht davon ab, weiter rumzuprahlen.
Die zweite Welle, die ich anpaddele, wirft mich komplett um. Ich bin zu spät, werfe mein Brett erstmal wieder vor mich, beachte dabei aber nicht, wie wenig Wasser sich aktuell unter mir befindet. Immerhin bin ich fast am Strand und da kommt nichts mehr, außer Sand und viele Förmchen. In diesem Fall eine der schlechtesten Ideen, die ich haben konnte. Ich kann gerade noch verhindern, dass mir das Tail zwischen die Beine schlägt, da kracht der vordere Teil des Boards auch schon vor meinen linken Oberkiefer. Ich spucke einen Teil meines Zahns aus, versuche an die Wasseroberfläche zu gelangen und bemerke im gleichen Moment, dass alles, was vorher blau gewesen ist: Himmel, Meer, was eben so alles blau ist, plötzlich im Glanze seiner Komplementärkontrastes erstrahlt. Zum Glück ist Marcel nicht da. Mit orangen Augen wären manche Dinge nicht passiert.

Ich bemerke, dass mir speiübel wird und brülle- wie man mir nachher mitgeteilt hat- ganze drei Meter vom

Strand entfernt nach Steffen, weil ich diesen als am nächsten vermute und glaube das Bewusstsein zu verlieren. Aus irgendeinem bescheuerten Grund schaffe ich es torkelnd aus dem Wasser, registriere dabei, dass ich das Board hinter mir her schleife, wie ein Hund ohne Beine. Ich denke noch an die Surfschüler, die ständig Bretter aus Faulheit an der Leash hinter sich herziehen und wie doof ich das finde. Obwohl ich komplett verwirrt bin und total neben mir stehe, packe ich zuallererst mein Board in seine Socke, bevor ich etwas anderes tue. Steffen reicht mir seinen sonnenwarmen Multivitaminsaft, den ich mir fast über den Neoprenanzug kippe. Hektisch ziehe ich mir den Anzug aus und bitte jemanden mit mir über die Klippen nach oben zu laufen. Ich fühle mich wie ein Schluck Wasser in der Kurve und benehme mich auch so.

Steffen begleitet meinen desolaten Zustand und mich zum Auto, wo ich der Frage nachgehe, ob ich eine Gehirnerschütterung habe. Ich denke „Nein" „Ach was" und fahre mit Dolly um den Block zurück ins Eigenheim. Mir ist etwas weniger wohl als am Morgen, aber ich denke keine Minute daran heute nicht zu arbeiten und fahre erstmal ins zwanzig Kilometer entfernte Morro Jable um. Ja was eigentlich? – in einem Surfshop irgendeinen Quatsch zu kaufen.

Dabei doublechecke ich regelmäßig mein Bedürfnis mich zu übergeben und komme weiterhin zu dem Schluss voll fit zu sein, denn gelebte Übelkeit liegt ja augenscheinlich nicht vor. Dass ich sämtliche Endstufen vor dem Übergeben bereits erreicht habe,

gestehe ich mir nicht ein. Stattdessen fahre ich zur Arbeit. Was soll ich sagen? Besser wurde es nicht. Nach drei weiteren Tagen und einem Trip in den Norden- man gönnt sich ja sonst nichts- beschließe ich dann doch mal einen Arzt aufzusuchen.
Für alle, die es noch nicht wissen: Das Zeug, was ich seit meiner Lungenembolie regelmäßig einnehme, sorgt dafür, dass mein Blut fleißig fließt. Um es mal auf die Laiensprache herunterzubrechen. Man kann nach einem Unfall panisch werden, oder sich selbst glaubhaft machen, dass schon nichts passiert.
Da mir inzwischen grenzwertig schwindelig ist, peile ich irgendwas dazwischen an. Davor setze ich auf den bereits erwähnten Arztbesuch.

Der hinzugezogene Mediziner zieht als erstes das Messen meines Blutdruckes in Erwägung und stellt mit einem Seitenblick auf mich fest, dass ich keinen habe. Dieses Mal gibt es allerdings keine Sprachbarriere, sondern ein technisches Problem oder ich bin tot.
Da ich noch staunen kann, glaube ich das aber nicht. Nach der Nutzung des -mir das frühzeitige Ableben diagnostizierte- Blutdruckgerätes- folgen weitere sehr moderne, aber durchaus nachvollziehbare Analysen. Alle haben mit in meinem Leben bereits begangenen Verkehrssünden zu tun. „Tippen Sie sich mit dem Finger der rechten Hand bei geschlossenen Augen auf die Nase" CHECK. „Gehen Sie mit geschlossenen Augen eine gedachte gerade Linie entlang CHECK. Am Ende erhalte ich Tabletten gegen Seekrankheit und bin um 50€ verändert.

Dass ich eine Woche nicht surfen kann, setzt dem Ganzen die Krone oder besser gesagt den Helm auf. Ich bin ziemlich froh darüber, mich einfach mal entschuldigt in mein dunkles Haus zu verkriechen und prognostiziere mir einige sehr finstere Tage.
An Aufenthalte bei Licht möchte ich derzeit nicht denken

16.05.2007

Am Mittwoch erhalte ich die Emailadresse von Marcel Da ich kein Freund von Willst-Du-gelten-mach-dich-selten-Spielchen bin, nutze ich mein Wissen und adressiere direkt ein paar Zeilen an ihn. Jetzt gibt es nur eine Herausforderung. Ich habe kein Internet in meiner Hütte. Spontan fällt mir das Internetdesaster vom Anfang ein. Der Berg muss also zum Propheten und ich in diesem Fall dauerhaft vor der Surfschule in La Pared parken.
Die nächsten Tage verbringe ich damit Dolly in Strandnähe zu parken und mit einigen anderen WLAN-losen auf dem Parkplatz abzuhängen.

Es wird zu einer täglichen Gewohnheit und dem Ende meiner Offlinearea.
Wir skypen und schreiben und telefonieren jeden Tag.
Es ist nicht, als hätten wir uns erst einmal gesehen.
Es ist vertraut und lustig und sinnlos und sinnvoll und es hat viel von „das muss jetzt so sein".

EPILOG MIT DIREKTEM RUTSCH AUS DER STORY

Ohja, ich weiss noch, weshalb ich hier bin.
Ich darf endlich wieder surfen und mache ab jetzt auch wieder Gebrauch davon. Die eigentlich Süd-, aber von allen liebevollen Ostküsten genannte Südküste läuft und mit ihr alle meine Krankheitstage davon.
Ich sitze wieder auf dem Board, meine Füße baumeln ins Wasser und meine Nase zeigt Richtung Horizont. Mein Zahn ist selbstverständlich seit dem Unfall nicht nachgewachsen. Ich bin ja kein Hai.
Bevor sich wenige Wochen später mein Lebensweg für eine Weile nach Deutschland verändert- aber das ist

eine andere Geschichte- genieße ich hier noch jeden Tag in vollen Zügen.

Noch gehe ich nicht, aber wenn, dann weiß ich, wohin und mit wem ich ein Stück gehen werde.
Ich danke mir an dieser Stelle selbst sehr dafür, dass ich es gewagt habe ins Flugzeug zu steigen, alles für eine Weile hinter mir zu lassen, meinem großen Wunsch nachzugehen, durch die Wellen zu fliegen und über den heißen Sand zu laufen. Alles, wirklich alles ist richtig. Ich bin glücklich und weiß, dass es dazu nicht viel bedarf.

Lasst das mit den Warnaufklebern auf Anfängersurfboards.
Mir wäre etwas entgangen und ich komme zurück !